在最深的呼吸里

◎ 娄国耀 著

北方联合出版传媒(集团)股份有限公司
春风文艺出版社
·沈阳·

图书在版编目（CIP）数据

在最深的呼吸里 / 娄国耀著. — 沈阳：春风文艺出版社，2020.5（2021.1 重印）
ISBN 978-7-5313-5779-7

Ⅰ.①在… Ⅱ.①娄… Ⅲ.①诗集 — 中国 — 当代 Ⅳ.①I227

中国版本图书馆 CIP 数据核字（2020）第 042026 号

北方联合出版传媒（集团）股份有限公司
春风文艺出版社出版发行
http://www.chunfengwenyi.com
沈阳市和平区十一纬路 25 号　邮编：110003
永清县晔盛亚胶印有限公司印刷

责任编辑：姚宏越	**责任校对**：曾　璐
助理编辑：余　丹	**印刷统筹**：刘　成
装帧设计：谦　谦	**幅面尺寸**：145 mm×210 mm
印　　张：7.75	**字　　数**：300 千字
版　　次：2020 年 5 月第 1 版	**印　　次**：2021 年 1 月第 2 次
书　　号：ISBN 978-7-5313-5779-7	**定　　价**：60.00 元

版权专有　侵权必究　举报电话：024-23284391
如有质量问题，请拨打电话：024-23284384

在最深的呼吸里

代序

走向你,正是秋意渐浓
一次等待,曾经是穿越多少时光
我一直,把手搭在你此刻
最深的呼吸里

细雨轻冷,我把目光一再压低
就是最冷的风,也要在暮色中
接近你的内心,让浅浅的微笑
在寂静中,交换你的素雅,你的眼神

已经很久了,我决定
把你的春花,你的雪月
穿过我的体内,落在你的峰峦
你的溪涧,你的高山流水

在最深的呼吸里

代序

在渐渐逼近的寒意里，允许我
为一场突如其来的相遇抒情
也为你虚构一场清风明月的盛宴
共同演绎，我们的今世与前生

如果可以，我一直想写写
我心中最美的你
不等风来，也不等雨至
唯独等一句诗，把你打动

目 录

第1章　截一段时光，我们把往事摊开

月半弯……………………………………………2

月亮河……………………………………………4

碧云天……………………………………………6

磨时光……………………………………………8

抬头看看天………………………………………10

湖畔………………………………………………12

天空之城…………………………………………14

入梅时光…………………………………………16

黄昏的天空………………………………………18

暮色里的芦花……………………………………20

炊烟，你来………………………………………22

沃洲湖的暮色……………………………………24

在最深的呼吸里

芳华……………………………………………26

出梅……………………………………………28

往后余生………………………………………30

第2章 一袭花事，曾激荡过小小的心脏

桃花辞…………………………………………34

陌上花开………………………………………36

葵花帖…………………………………………38

雨中听荷………………………………………40

海棠依旧………………………………………42

桂香……………………………………………44

薰衣草…………………………………………46

蓝莓蓝…………………………………………48

只等油菜花黄…………………………………50

白玉兰…………………………………………52

紫玉兰…………………………………………54

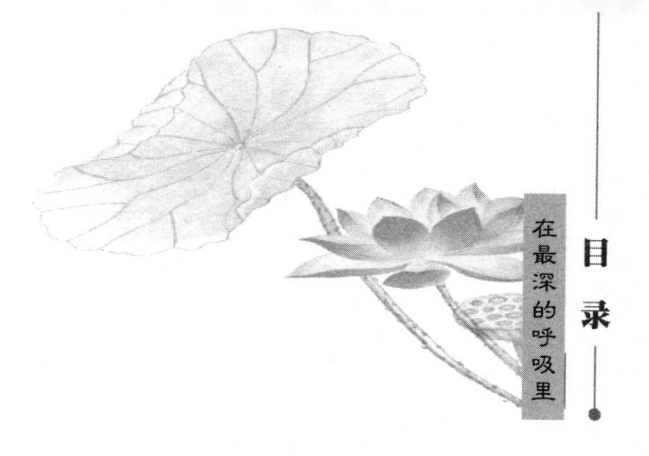

樱桃……………………………………56

李花粉白………………………………58

禅梅……………………………………64

第3章 一段旅途,被我挥霍的时光

西塘,初见……………………………68

荡漾……………………………………70

无人村,欢迎下次再来………………72

枸杞岛,浮动着的小镇………………74

听海……………………………………76

远方的一场盛宴………………………78

霞浦印象………………………………80

在大坪山,我该多待些时辰…………82

上显潭村纪事…………………………84

过高岩庙偶书…………………………86

香榧丛林………………………………88

榧香谷来………………………………………………90

新昌大佛寺，云都是低矮的………………………92

第4章　那一水流年，能把时间敲出声音

一月，对峙与吟咏………………………………96

二月，尚未解冻的河流…………………………98

三月，更多雨水相继造访………………………100

四月，没有一种植物会选择逃避………………102

五月，折射出的都是人间芳菲…………………104

六月，阳光呈现破碎之美………………………106

七月，慢下来，必须再慢下来…………………108

八月，黄泽江边那一缕霞光……………………110

九月，那些温柔那些美好………………………112

十月，绮丽与沉潜………………………………114

十一月，清欢与荒凉……………………………116

十二月，炭火与凛冽……………………………118

第5章 这个季节，天空偶尔落泪

在山之隅	122
枣园，我一直不敢抒写的村庄	124
端午，天空落泪	127
清明，必须跪着的某些天	129
稻谷黄了	131
柿子红了	133
秋天的重量	135
冬天的温度	136
越过左岸的雪冬	138
将红尘剥落的雪野	140
俯身于雪的村庄	142
声声慢	144
腊八节	146
禅修	148

第6章 茗香一瓣，谁与尔饮

大红袍：有一种颜色我喜欢……152

金骏眉：桐木关是你的娘家……154

肉桂：在慢慢支离我的孤独……157

水仙：从我的指间奢侈地流……159

六堡茶：在春天的怀里醉了几秋……161

落霞：一些永恒一些玫瑰……163

景迈：有蛊惑万物的部分……165

芷兰：把那香气吹过来……168

臻品蓝印：下个春天我们再爱一次……170

易武正山古树茶：为你准备一条河流……173

千年之吻：你想要的缠绵……176

弯弓：那最美的潮红……178

普洱9016：陈香的一笑……180

班章：如火焰不能拒绝火焰……182

沱茶：前生是一匹钟情的白马……………………184
易武：一位来自唐朝的女子……………………186
冰岛：清清淡淡的醇香……………………………188

第7章　节令里，我们依然爱着小小的人间

立春：有一场春风来袭……………………………192
雨水：共访春的故乡……………………………195
惊蛰：看桃树李树，一身的粉一身的纯…………198
春分：把春分一半，花开两枝……………………200
谷雨：颜色有了重量……………………………202
立夏：推开五月的门扉……………………………204
小满：接下来的日子你将蓬勃……………………206
芒种：风中有麦芒的味道…………………………209
夏至：我们依然爱着小小的人间…………………212
小暑：和自己玩一场认真的游戏…………………214
大暑：坐在夏日的秋千上…………………………216

目录

在最深的呼吸里

立秋：阅读不能说破的词……218

处暑：远处的云撞上了你……220

秋分：让风吹薄衣衫……222

立冬：炭火温暖的诗句……224

小雪：昨夜风雨的一次对折……226

大雪：高尚的卑微的都将覆盖……228

冬至：我们免谈寒冷寂寥……230

小寒：收起冬夜的诗稿叫醒春天……232

大寒：躲在最冷的温度里……234

替自己构想了诗与远方（代跋）……236

第1章

截一段时光，我们把往事摊开

我要慢慢地走，甚至慢于风，

因为，你来的那一天，有风，

你是风中飘过的，最美的侧影

月半弯

弯月升起,缠绕山腰的云雾放下矜持
风摇晃、喘息,压着河里的芦苇
黄昏里,缄默如远方静卧的城池

抬头的时候,月色已撩过手指,覆盖缝隙
隐去草木的枯荣,想象着河水潮涨潮落
夜风中,毫不掩饰地卸下一切,露出真身

大地空旷,山色的每一寸肌理与水色无异
如此清辉高逸,一定比我更接近天堂
更渴望回归夜色,通过火焰去重新认识你

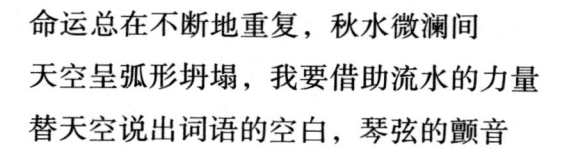

命运总在不断地重复，秋水微澜间
天空呈弧形坍塌，我要借助流水的力量
替天空说出词语的空白，琴弦的颤音

月有阴晴圆缺，不必在意被命运动了手脚
如把自己安顿于梦境，那么，每一夜都是良宵
读到的任何一首诗，总有一句，会让你流泪不止

第 1 章

月亮河

这里，如果舀一桶水就会捞出许多星星
星星是从傍晚时分，早早地出发
追逐的云朵，那飘逸的样子有茉莉的气息

一只瓷碗，在天空倒扣，荡漾是由内而外的
风来了，河流也开始起伏，因为白白的月亮啊
绚丽的云絮和闪耀的星，已放弃自己的江湖

七夕已过，岸边的人不知都去了哪里
这个季节里，柳树已经疯了，因为它
从抽蕊开始，就暗暗策划了午夜的私奔

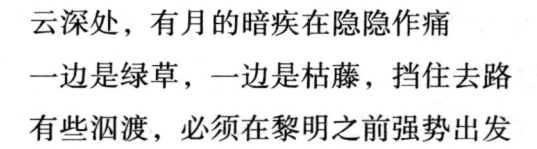

云深处，有月的暗疾在隐隐作痛
一边是绿草，一边是枯藤，挡住去路
有些泅渡，必须在黎明之前强势出发

但是它们，把远方装进口袋却忘了诗稿
也忘了，把血液里的灯一盏一盏点亮
去哪里？出发前必须把缥缈的梦紧紧揾住

第 1 章

碧云天

时光从这里开始渲染,秋天的气息一步步紧逼
苍翠的树冠依然充满怀想,没有理由让自己荒芜
天际线已横上前额,挪一步就能看到一截氤氲的山色

是谁擂响秋天的鼓声,让乌云在午夜肆意咆哮
这时,也只有我的马匹,在长长的黑夜口含月光
随呼呼的风疾驰秋日的高岗,挑战下一个黎明

昨天还在夏日炎炎中踏歌,今天晨风再一次吹拂
把云吹来,在秋天的芒刺中怀抱纯洁和满满的能量
这时不担心会迷途,更不会让影子落在幽处误了正途

喜欢上这幽幽的苍穹，不必让云絮说出理由
秋天的喧响与寂寥都是一种美，不必擦拭曾经的过往
所有的雷鸣电闪风雨交加，让湛蓝一并抹去吧

可以让时光更慢一些，宽阔的天空留给婀娜的云彩
笔下尚存的词语，要写给从腹部传来的更多的笑声
狼毫笔下的瓦蓝，也一定要写给幽幽深深的碧云天

第 1 章

磨时光

可以让一万棵小草覆盖荒芜
可以让一个又一个秋日涂上金黄
可以让摇摇欲坠的果子忽略说辞
可以让即将光临的霜雪再一次写到蓝

放下,已经从那个岁末的黎明开始
种下的蛊,最好把它藏起来
用一盏灯一本书一杯茶,安抚每一个时辰
比起苍穹,深陷的明媚已算不了什么

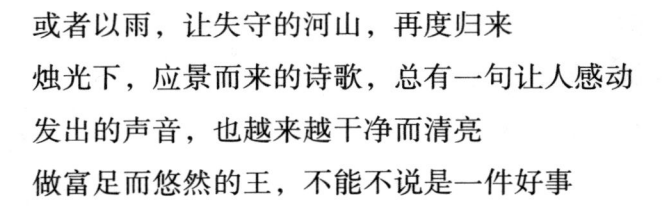

或者以雨，让失守的河山，再度归来
烛光下，应景而来的诗歌，总有一句让人感动
发出的声音，也越来越干净而清亮
做富足而悠然的王，不能不说是一件好事

那么，往后完全不必把所有的日子，一并呈上
秋季来的时候，可以把暖风藏匿于星空
迎面而来的时光，弱水三千并不算多
一段时光，不能没有咖啡甜点和一杯酸酸的柠檬

第 1 章

抬头看看天

已习惯了,抬头看看天
看日与夜,从这里出发或归来
树在雨中赶路,而晨曦
总是早于钟声,抵达河岸的小屋

有人在等待春天多时,等待
河水与花草开始解冻,等待
晚风推开院门,想象窗外春色渐浓
想象流云飘过屋顶,绕过那棵树

有人在月圆之夜,把思绪编成风筝
恍惚中,和世界一起断线流浪

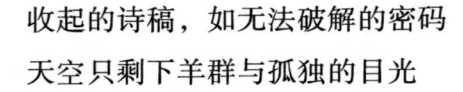

收起的诗稿,如无法破解的密码
天空只剩下羊群与孤独的目光

已习惯抬头看看天,雁阵如人形
天空是个座无虚席的大礼堂
菩萨推门而入,带着经卷与真相
把流水、故事,一一还原给时光

抬头看天,一看是云再看已是烟云
人活着,最后就是为了把自己拆开
而冬雪总让十二月的词语,纷纷扬扬
只等叶子泛绿,覆水也将一一收回

第1章

湖畔

如此，这静美，都来自你那一抹蓝
这盈盈的蓝，画出的弧形，依岸而弯
折叠的天空，一半浅蓝，一半深蓝

这样的时刻，我必须为你倾倒
让心事停下来，望着你
把湛蓝读成沉醉，读成流连与忘返

我要慢慢地走，甚至慢于风
因为，你来的那一天，有风
你是风中飘过的，最美的侧影

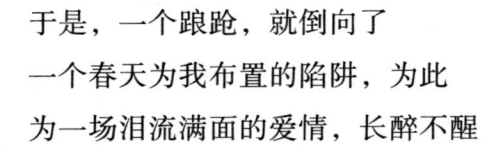

于是,一个踉跄,就倒向了
一个春天为我布置的陷阱,为此
为一场泪流满面的爱情,长醉不醒

我曾,让未放的蓓蕾,悄悄植入
你的体内,长大的过程,很慢
但岁月如初,也爱你如初

也许岁月易逝,也许时光不老
静美的生活,有时会有突然的潮汛
也难怪,那些诗句,总有湿湿的水痕

第 1 章

天空之城

我走出这城池,却把心遗忘在那里
慵懒的时光,如打开的河流,幽幽地淌
我不能怀疑,你给我的天空
有那么多的云彩,它所有的光芒
照遍了我身体里的山山水水

我承认,我已是逐渐涨潮的盛夏
有那么多的雨水,来自你的阳光
你那热烈的植物,还有的
是一些黄昏,一些流光溢彩的夜晚

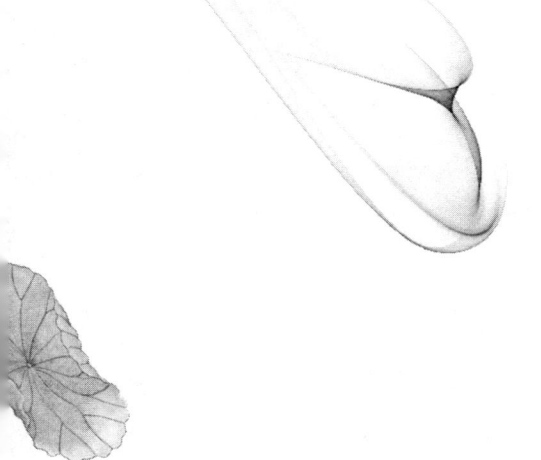

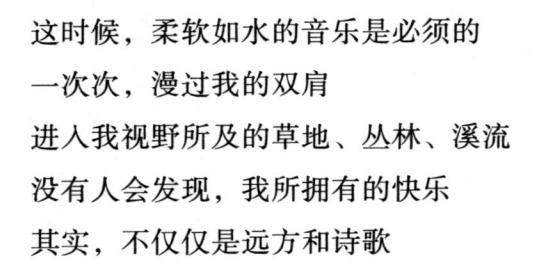

这时候，柔软如水的音乐是必须的
一次次，漫过我的双肩
进入我视野所及的草地、丛林、溪流
没有人会发现，我所拥有的快乐
其实，不仅仅是远方和诗歌

风可以再吹重一点，哪怕吹走这个夏天
我们接着还会拥有整个秋季
那翻卷的诗页，依然在你的天空
让云朵猎猎起舞，而你呢，那曼妙的身姿
是我，在人间行走的宽阔背影

第 1 章

入梅时光

这以后,雨水会隔三岔五地来
在六月,那些春天的花开在初夏
夏天的风景也时不时在拐弯
我就是这么,一直坐在旧时光里
也未必,离月光更近

从现在开始,在这一年中
水总是把花影,洗涤了一遍还要一遍
正像我的灵魂,一次又一次地去污
剩下花骨朵的重量,是我身子的净值
渐次燥热的阳光,已苏醒在雨季之前

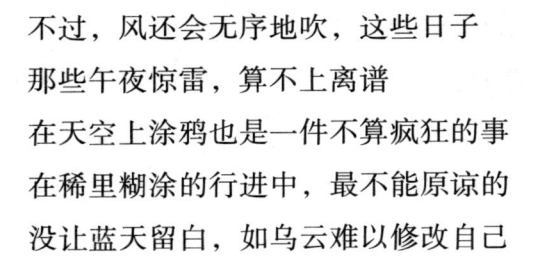

不过，风还会无序地吹，这些日子
那些午夜惊雷，算不上离谱
在天空上涂鸦也是一件不算疯狂的事
在稀里糊涂的行进中，最不能原谅的
没让蓝天留白，如乌云难以修改自己

无论怎样，我们都要制止一场慌乱
让绿就这么湿漉漉地蔓延
以泛滥去阻止泛滥，以习惯去改变习惯
对于一个夏天的热爱，必须如这片田野
对变幻的四季，保持一如既往的宽容

第1章

黄昏的天空

这金黄，这清寥，这层次分明的时辰
你应该允许我，把往事推开
我正准备把自己交出去
交给黄昏，在时光中稍作停留

黄昏的风被七月吹热
天空在持续发烧，没有退下的迹象
一切都很慢，太阳升起时也很慢
而滚烫的落日，想慢总慢不下来

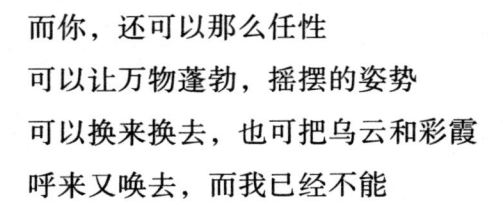

而你，还可以那么任性
可以让万物蓬勃，摇摆的姿势
可以换来换去，也可把乌云和彩霞
呼来又唤去，而我已经不能

我们说到黄昏，其实不能想得很多
天空很快不属于我们，夜晚的来临
我不会抗拒，良宵嫌短只够写一首诗
黎明尚未坍塌，一切还来得及

暮色里的芦花

在岸边,薄薄的黑沿着你的脉管
一寸寸地匍匐,是风,又是风
它吹瘦了的腰肢,有波浪的形状
那摇曳的,柔软的,斜斜的……

现在,一切安好,静谧似有似无
溪水淙淙的声音,呈弧状传来
季节已跨过夏天的激流,拐弯处
正巧撞上暮晚的时辰,这漫舞的白

兀自婀娜的白,或俯冲或盘旋
与风缠绵,有着慌乱无序的心跳

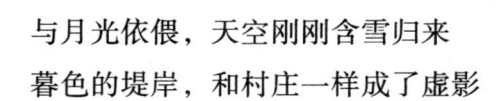

与月光依偎,天空刚刚含雪归来
暮色的堤岸,和村庄一样成了虚影

沦陷的夜,多么需要忍住寒噤
摁住慢慢生长的情愫,把寂寞开在山野
选择用自己的方式,拖住远走的时间
把最好的舞姿还给天空,这宽阔的胸怀

暮色里的芦花呀,是欲飞还舞的秋词
是秋词里,一次不分季节的花开或花落
甚至,等不及一次毫不犹豫的侧身
月光已是一泻千里,把浓稠一一化开

第 1 章

炊烟，你来

清晨，暮晚，你来
你来的时候，总是如此妖娆
我被这羞涩的弧形所迷醉
以至于常常想起
你那，那么多人都想爱的身体
也往往是，你和露珠一起
成为我的诱惑，你的洁白是
你悠绵柔和的曲线，也是

夕阳穿过你的腰肢，这个时候
所有的花朵都关闭，不分时日
让我只记住，你住过的村庄

等一块小月亮住进心里
因为我的心真的很小
只能住上一个人

我说，忘记时间是对的
同样忽略年龄也是对的
沉默的时候在想，下一首诗
该怎么写你，你款款地来，衣裙撩人
这些我都爱，而且不能自持

第 1 章

沃洲湖的暮色

我喜欢这暮色,那些空灵似的恍惚
一不小心,轻轻低低地流淌就要开始
气息相同的人,或者以诗或者以高山流水
说出一样的藤蔓,同样的词语

至于白鹭,落日下沃洲湖的余晖
一定有一种干净的声音,迂回于胸廓
替我说出,只能用颜色才能表达的话语
……他眼睛里的光,充满金属的质感

到了十月，已不必改动那些参差的美
仿佛宁静、虚无是一场毫无悬念的接力
一幅手机摄影照片，只把黄昏最美的部分
放进竹篮，装上诗歌也装上残存的旧梦

第1章

芳华

时间开出的花骨朵，阳光瞬间散发的光芒
其实，有些比喻不会只剩下一种可能
譬如湖水的蓝，深入过骨髓
春天的蓬勃，曾激荡过小小的心脏

在繁花似锦的季节，一定有美好的姿势
……那些飞扬的，那些嫣然的
都聚集在一起，从一棵一棵树中
从一朵朵花中，把春天找出来

可是，雨水终究要回到天空
接着，缤纷的脚步纷至沓来
突然想抱住尘世奔走的身影
这奢靡的忧伤，已不必倾尽叙述

来过，总比不曾抵达，灿烂许多
潦草的人生，也能找出像样的几笔
弯身拾起身后闪烁的星辰，偶尔问起
它是谁的，我们完全可以闭口不谈

第 1 章

出梅

只是，在这燥热的时光，交出躯体里的水分
只是，提一桶荡漾的水，让整个下午浸在其中
只是，把黄昏悄悄打开，把玩收纳的雷声和闪电

在云的深处，我们对太阳都该捧上感恩之心
在山巅高处，我们都该放下傲慢去面对深渊
在生活的低处，放下诗意也可放下纸和笔墨

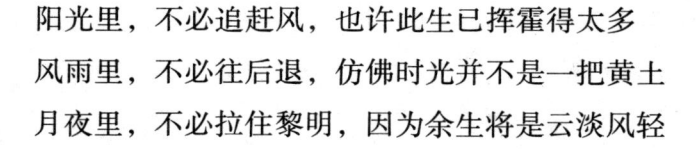

阳光里，不必追赶风，也许此生已挥霍得太多
风雨里，不必往后退，仿佛时光并不是一把黄土
月夜里，不必拉住黎明，因为余生将是云淡风轻

哦，这红尘滚滚的时光，我们幸好还存有丝丝清凉
哦，这不曾停留的时光，我们还怀揣着一幅幅山水
哦，这转瞬即逝的时光，我们还拥有起起伏伏的潮汐

第 1 章

往后余生

估计走出这片森林,还有许多时日
去路仿佛还是昨天的,仿佛又不是

夏天一过,小草也苍老了许多
越发爱上了,树荫下那片巨大的寂静

飞鸟的影子,一定也是时光的影子
掠过也就掠过了,如相继跌落的春秋

回忆已是各自的产权,无息的存款
不必站在各自的窗台,质疑自己

前世是遗失的书，写满今生密密麻麻的章节
跌跌撞撞地看是你，欢天喜地地看是你

举目眺望，森林依然氤氲，远方依然遥远
沉静、平和与宽容，让这些和生命产生友善

不必匆匆赶路，面对树梢上的天空
以及宽阔的人间，报以宽恕与感恩

不需估计，走出这片森林，是河流亦是彼岸
若有一竹篱一小屋，抑或真的可以把余生虚度

第 1 章

第 2 章

一袭花事，曾激荡过小小的心脏

如果能截一段时光，我将遍野的粉白

陷于三月的天空，那些奢侈的姜

让十万朵鲜花，黯然失色

桃花辞

我必须，躲开古往今来所有的词语
在这个季节的深处，和你轻松地相约
没有人告诉你，我是谁，哪里来

这样最好，我要在这持续的端详中
读你，读你风情的背后，那一道
盛放与凋零的风景和那些意义

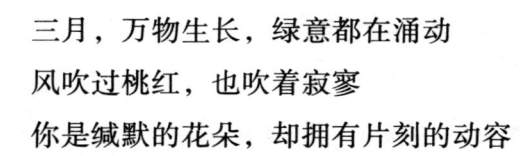

三月，万物生长，绿意都在涌动
风吹过桃红，也吹着寂寥
你是缄默的花朵，却拥有片刻的动容

多年了，你已忘记了自己的存在
一场宿命覆盖了全部的命运
而不远处，诗人的吟诵才刚刚开始

第 2 章

陌上花开

从这个时候开始,绿风在你的两边漫延
春天已经从折叠的时光中走出来
你温情地笑着,让雨水充当一次善意的挽留

要知道,这一次的花开,是从绿开始的
我在左岸,风把你的河水不断地吹高
四月的轻烟,缠绕过随风乱颤的花枝

在风里,你不停地招手,把往事吹开
我的田垄有漫溢的香,也被吹散
在这个美妙的季节里,你可以自由地进出

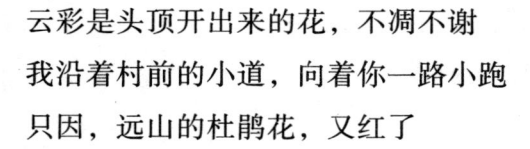

云彩是头顶开出来的花,不凋不谢
我沿着村前的小道,向着你一路小跑
只因,远山的杜鹃花,又红了

如今,生活不只是眼前的疏枝摇影
云朵从陌上飘过,吹过了那些年那些事
我们不必如此匆忙,完全可以优雅到老

第 2 章

葵花帖

从一颗颗葵花子的嫩壳里,我打探到
都有一个小小的太阳,悬挂着

在向阳坡,所有的事物都能唤回夏风和月光
当太阳来临或者正在来临,如果选择
就不会让自己变成南方的水草,泊在繁茂处
而选择抬头,也不惜打碎身后的背影

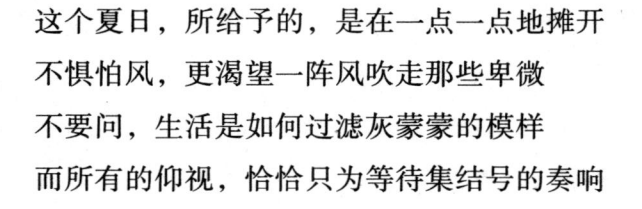

这个夏日，所给予的，是在一点一点地摊开
不惧怕风，更渴望一阵风吹走那些卑微
不要问，生活是如何过滤灰蒙蒙的模样
而所有的仰视，恰恰只为等待集结号的奏响

齐刷刷的诺言，一路狂奔既定的方向
已经没有什么能改变，深入天空的目光

第 2 章

雨中听荷

在一阵急雨中,你淋湿了腰肢
弯腰的瞬间,荷叶上的雨珠
也在你的怀抱,不停地打转
我知道,在这个季节你不能说出
一朵荷花,许多许多的荷花
同样的幸福,同样的痛

雨中听荷,你可能有所不知
天空把所有的蓝给了你
你也从春天留住了点点红
你的夏天,从我的指缝中

漏出去的盛放，眩晕了多少花枝
而这一些，总经不住一阵风
或一场没有预兆的雷霆

这宁静的时光，我听雨也听荷
听你的呼吸，穿过我的耳膜
喊出我的名字，而你
在荷塘的那头，是否已经听到
而我，在转身回望的那一刻
我是真的听到，我自己的声音

第 2 章

海棠依旧

走在新昌江边，见春天也在来回地走动
不用风吹，海棠花的委身是迟早的事
就像这三月，你定将一首一首诗
从花蕊的底部开始，一瓣一瓣地念出来

从这一天开始，你会对这座城市的每个日子
有更多的依恋，对任何一簇树荫产生亲切

应该感谢，昨夜雨骤，樱花带雨，海棠也是
只不过，你有更多的澄澈、透明、记忆
隐约中，让自己孤悬于树枝、叶茎、肩头
你略带忧伤的名字，让人产生莫名的好感

从这一天开始,你提起一支清瘦瘦的毛笔
写抽身而退的秋色,也写推迟到来的暮晚

如此,我必须在一片蓬勃一片热烈下驻足
从新昌江的水波里,读你略为绯红的倒影
花瓣轻轻落下,随风落成自己想要的样子
而我的手腕像河流,带你将远方依次打开

从这一天开始,春天已替你做了最好的命名
时光卷边,天空生锈,而你仍是白里透红

桂香

写下这首诗,香气早已弥漫
屋檐,树叶,四处逃散的灰尘
都充满喜悦,桂花开的时候是羞涩的
其实那个时候,你也羞涩
一直设置一些谜语,让我猜

等到起风,九月也来了
天空如此澄明和幽蓝
仅仅是那么一个昼夜
你毫无遮掩地开,也毫无遮掩地香
然后,我把诗也一句一句地袒露
诗也是香的,极似你出浴后的香

已到这个时候，我是否应该告诉
这就是我要的美，那种
会催促诗歌不停抽芽，那些
不由分说的矫情，会径直
走进我内心的那一种

写下这首诗，也写下一朵桂花
持久的爱，无论盛开，无论凋敝
滑过时光给你设置的轮毂
我还是能说出，你来时的模样
因为，你是我的氤氲
一直在我的胸腔，多姿多彩

第 2 章

薰衣草

倘若不这么浓烈,倘若不这么主动
你深藏的那些紫,可以再蓝一点
你掩隐的这些蓝,也可以更紫一些

叶上轻风,可以肆意抚摸你的目光
你摇曳的身姿已经彻底把自己供出
如这初夏热有些慢,我怀疑春天有没有走

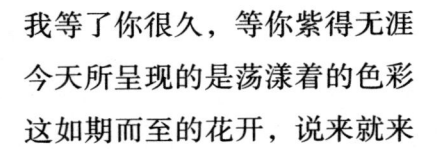

我等了你很久，等你紫得无涯
今天所呈现的是荡漾着的色彩
这如期而至的花开，说来就来

熏风微醉，其实你还可以再辽阔一些
完全可以把所有的苞蕾一夜开放
掳走我内心的诗歌，一点也不剩

第 2 章

蓝莓蓝

在六月，走进生田村的那片旷野
你是知道的，你送我一片蓝
最后你把自己，也放进更深的蓝中

蓝莓蓝，流淌的是蓝，荡漾的是蓝
你的眼神有悠悠扬扬的蓝
对流的空气也是氤氲的蓝

在这个季节，与你有关的一切
都有蓝的光晕，在这样的时刻
我找到了失散多年的蓝，快要窒息的蓝

如此，你一定要在村口等我
我决意深入一场妩媚的风暴
与我的另一种蓝，再度互为诱惑

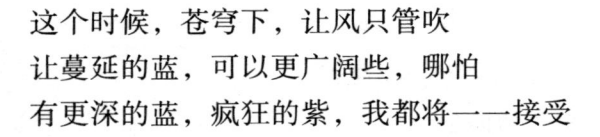

这个时候，苍穹下，让风只管吹
让蔓延的蓝，可以更广阔些，哪怕
有更深的蓝，疯狂的紫，我都将一一接受

在你葳蕤葱郁的那边，我已蓝陷于蓝
只允许一种颜色，以时间的名义停留
甚至允许，在我的身体里落地生根

当然，我必须把蓬蓬勃勃的蓝
折合成你的枝枝你的叶叶
因为，若蓝，请深蓝，若爱，请深爱

第 2 章

只等油菜花黄

那铺天盖地的黄，那层次分明的黄
由不得我细想，我已经走进一场淹没
这个季节，你开始激情四射
也把这个季节引发的骚动
随你，也随你的领域不断蔓延

而我，面对三月的春潮
真的需要把诗歌重新列队
我要把芬芳飘飞

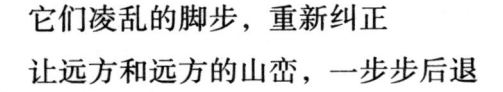

它们凌乱的脚步,重新纠正
让远方和远方的山峦,一步步后退

这热热烈烈的色彩,我喜欢
今天的诗歌,完全可以是你的全部
让内心因你而滚烫,而且
我来这里,只等油菜花黄
让我今后的诗歌,有一次人间的盛典

白玉兰

也是在这里,在这三月阳春
我依旧盛开,这么多年了
我跋山涉水,错过了无数季节
也错过,这半生的光阴

如此,这一年的时光
你绽放在最美的季节
春天的枝条上,你留驻炫目的白
等待着,有一次美丽的擦肩

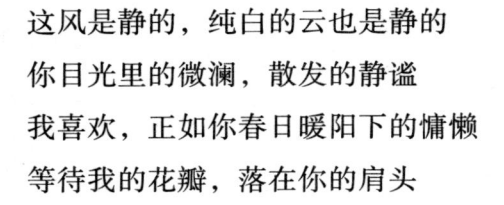

这风是静的，纯白的云也是静的
你目光里的微澜，散发的静谧
我喜欢，正如你春日暖阳下的慵懒
等待我的花瓣，落在你的肩头

这样的时候，我在想，这个春天
我们该以怎样的姿态
留住三月的瞬间，留住
盎然春意的，人间三月天

第 2 章

紫玉兰

在风中摇曳的,不仅仅是你的紫
还有你绰约的身姿,袭人的妩媚
在旷野,在山坡
应该是在三月之初
开始从你的身体里,走出来

其实不需刻意的装扮
你的妖娆很随意
无论是雨滴的倾诉,还是
星空下的烟火,在我眼里
都是那一道,无言的浪漫

苍穹下的三月，开始慵懒
阳光开始温暖，我所隐藏的光芒
在低处，在枝叶，在春天的皮肤上
和每一个日子，亲切交融

这个时候，你可以完全忘记疼痛
把每一个日子，当成春暖花开
把紫色写得更紫一些
让内心的天空，衬托得更蓬勃一些

第 2 章

樱桃

绿风来的时候,没有人逼,却绿了
这个季候,抽芽长茎不是谁说了算
花瓣也是,一边饮露一边悄悄地开放
太阳上升的时候,心跳也爬上了指尖

相对于樱花,它的幸运多于偶然
开始圆润开始丰满,樱花已无路可走
用凋零写下自己,仅仅一次的绽放

五月之初，阳光着色，刚刚才是青涩有加
忽如一夜，绯红添腮，为自己设一道谜语

小剂量的毒，仿佛从来不曾，仿佛从来不会

第 2 章

李花粉白

一

在嵊州灵鹅,满山遍坡的李子树
把那些时光,开得粉白
我驻足的向阳坡,暖风热烈
走过的每一处,都有蓬勃的白
在这个季节的肩头抒情
这样的场景,我们都不清楚
这是为我,还是为你

风吹过春天的枝条,那些精灵
舞动的姿势,极像你走来时
带出的弧形,此刻
我自然而然的荡漾
都蕴藏着,一片静谧

第 2 章

二

可是现在，我只想和你并肩站立
恰似那一株花蕊，那般贴近肌肤
等待我去安抚，一次不够
甚至有时，我会等待雨水
重新回到当初出发的地方
回到你最初含苞的那一刻
听听你陌生的声音

除了这些,你总有欣赏不尽的美
陆陆续续地抵达,在这个春天
空气氤氲,我开始迟钝
我的翅膀,不知能否还有
和你一起飞翔的可能

第2章

三

如果能截一段时光,我将遍野的粉白
陷于三月的天空,那些奢侈的美
让十万朵鲜花,黯然失色
即使先于这个春天凋谢,我还是记得
和你走过的那些路程,就像现在
沉默着多好,安静着多好

也因此，我要在自己的心里
把所有的语言储藏起来
让和李子花相连的那些句子
依旧坐在你的梦境中，甚至想象着
自由地开花，自由地结果

第 2 章

禅梅

这时光,新昌大佛寺放出万千蝴蝶
万物开始变得更加氤氲,这香
是幽幽地来,蓬勃地来,入心入肺地来

这样,寂静与热烈开始交替奔走
如此的场景让人心醉:莲花灯的光芒
照见那一棵棵佛前的宋梅,朱梅……

此刻,风是香的,风吹更是香醇
如果树叶也有灵魂,那它在不停地荡漾
这暗香里有蜡梅的禅意,也在荡漾

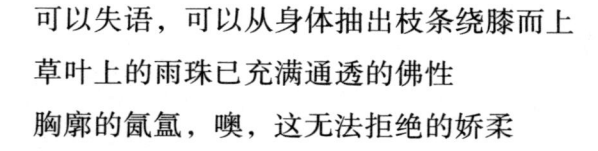

可以失语，可以从身体抽出枝条绕膝而上
草叶上的雨珠已充满通透的佛性
胸廓的氤氲，噢，这无法拒绝的娇柔

风停了，张扬的梅枝放下俗世
放下悲欣，把一座座山看空
如此说来，倘若做佛前一枝梅，挺好

第 3 章

一段旅途，被我挥霍的时光

我希望，我能走出时间之外

在那里，我能找到

以往那些，被我挥霍的时光

西塘,初见

穿过东海大桥的黄昏,抵达嘉善的一个古镇
灯火中,牌坊下的黑漆大字,总是躲躲闪闪

如果仔细寻找,高高的梧桐树下有叉着腰的胳膊
不断地剪出,南来北往陌生而慵倦的疏影

夜色已经变得空旷,江南水乡柔韧的金黄
早已先于姗姗来迟的月亮,抖擞亮相

从半朵幽莲居出来,此刻可以忽略躁动的草木
不妨沉溺于邂逅的街色,久耽于此

也可以沿着石皮弄，走走锁过春秋的一线天
与青石路面一起，有一次虚度年华的放纵

我也希望，拐进明清的街口，静听由远及近的橹声
在城市有些抑郁的背影中，来一次短暂的抽身

如果有一场细雨，那将在密实的雨水里静静地安睡
任凭南栅街北栅街，拉长夜色古镇洁净的苍茫

要不，放下行装、夜风、月光和渐湿欲滴的露水
穿过端庄的烟雨长廊，直接窃取你内心的瑰丽吧

第 3 章

荡漾

这一次,我是走在苍茫的海上
没有草尖、麦穗和闪烁的萤火虫
微笑的风没有坏意,可以任其厮磨

纵的是海水,横的还是海水
此刻的浪花是心情的一部分
有盛开的花朵,也有泛青的草地

斜倚舷边,短浅的目光已被无限掘进
心的放逐想多远就可多远,没人阻拦
随手呼唤一阵风,即刻拥有一片蓝

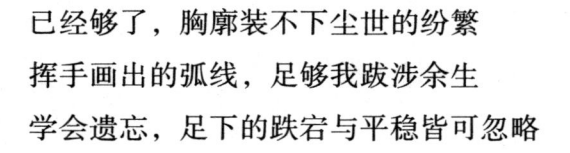

已经够了，胸廓装不下尘世的纷繁
挥手画出的弧线，足够我跋涉余生
学会遗忘，足下的跌宕与平稳皆可忽略

举起手臂时，天空没有我想要的东西
船在不断地开犁，我喂喂喂地喊着自己
不是……假期真的不是一场虚度——

第 3 章

无人村,欢迎下次再来

在枸杞岛,这里烟灰熄灭,海水渐渐冷却
爬山虎心怀不轨,蚕食的阴谋已经相继得逞

我环顾左右,到处都是失散的蓝天和白云
一场随潮涌而来的变故,终于卸下前世的因果

一度在红尘的渡口,摆上长长的餐桌
请一二座岛礁过来做客,谈酒肆也谈风月

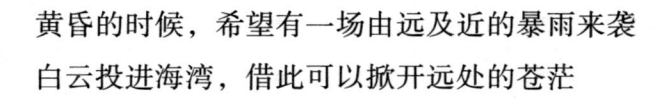

黄昏的时候，希望有一场由远及近的暴雨来袭
白云投进海湾，借此可以掀开远处的苍茫

也可以，沿着石阶走一走熟悉的石巷里弄
然后，枕着月亮的臂弯睡去，身怀良宵

而如今远处传来的声音，不再是从前的渔歌
倘若还不乏兴致，欢迎下次再来

第 3 章

枸杞岛,浮动着的小镇

大海上浮动着的小镇,风雨飘摇
这样说吧,飘过来的每个春秋都饱蘸咸味
有时跌宕有时宁静,这要看铁锚是否醒着

很多时候,隔着八千里海面,举起酒杯
端坐于日出和夕阳之间,让燕子在起伏的胸口走失
然后,静静地看低处,那些红红的渔火

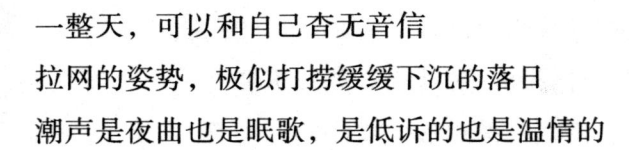

一整天，可以和自己杳无音信
拉网的姿势，极似打捞缓缓下沉的落日
潮声是夜曲也是眠歌，是低诉的也是温情的

蝴蝶落在枝头的时候，枸杞花也开了
当白云掉进蓝色的海湾，黎明也悄悄地打开
怀抱大海的人，每天总是最先掏出红红的日出

第3章

听海

打开窗户依次是:晨曦、潮汐、海鸥画出的弧线
此刻我必须清理耳膜里,那些山谷的风声和鸟鸣
轻轻闭上眼睛,用六月的玫瑰交换海鸥的初夏

抵达的时候,太阳刚刚泊在水底
敞开的岸,更多地吸纳了梦中的夜色
那刻起我的诗笺便恋上了苍茫,和自己说着爱

极目远眺,浅淡远黑,这似乎还远远不够
仿佛那些水,越过经年,似乎为我而来
它是缓缓地来,不紧不慢地漫上沾满风尘的双踝

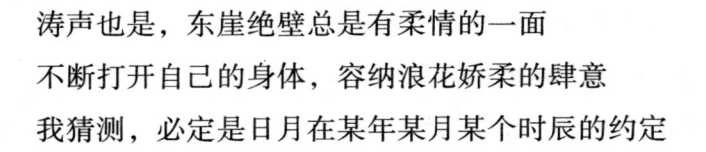

涛声也是，东崖绝壁总是有柔情的一面
不断打开自己的身体，容纳浪花娇柔的肆意
我猜测，必定是日月在某年某月某个时辰的约定

万里河山，有人沉醉；三千弱水，有人沦陷
凭窗听海，大海底下有大山连绵不绝的轮廓
我很想比喻为：人生的滩涂，岁月的沉淀

第 3 章

远方的一场盛宴

天气转凉,远方肯定会有一场盛宴
如期开场,你不必匆忙
不必赶在一个清晨,让秋天接近
说好的,我也一定能做到
让你的翅膀,沾上露水,披一些阳光

从此,我们继续,让身后的时光
悄悄地流走,让流云继续飘逸
我知道,你在每一个季节
都需要自由地呼吸,正如这些年
你一直在阳光下行走,踩着自己的身体

秋风又起，这样的情景，你不能怪我
季节在不经意间，突然凋零
什么时候，你不再拥有繁盛
越吹越凉的风，更把我吹成荒芜
正如枯萎，总是毫不留情地来

如此并不妨碍我，继续对蓝天的吟诵
夜潮如水，秋日已是三分薄凉
在你面前，我不必捂住秋夜的梦
但你一定要在暮晚之时，添一添薄衿
因为，时光是你的，也是我的

第3章

霞浦印象

这是第一次见到的,荡漾着的村庄
水做的身体,让人既爱又恨
潮来了,似乎世界都在往后退去
而滩涂已经让自己玉体横陈
等待某一时刻,与潮水化敌为友

当然,一定有人写过,远帆从天边归来
但没人告诉,返航时霞光是如何涂满全身
撒出的渔网,兜住了多少个金黄落日
就像这尘世,曾想着一次次出走
最后还得在潘多拉的盒子里,颠覆着自己

许多时候，和日子一样在漂浮，在轮回
季候风，一直是那么没完没了地吹
台风、翻滚的云团总占据了足够的时间
这样的生活，让安逸、宁静有说不出的味道
不过后退一步，还是能看到低处红红的渔火

更多的时候，还是绕不开混浊的生活
生死、富贵、贫贱，由不了谁不带腥味
一样的晨曦，到黄昏会有不一样的余晖
不断被淹没又被洗亮的，是一个个日子
不断被乌云遮蔽又被捅破的，是一缕缕霞光

第 3 章

在大坪山，我该多待些时辰

时近晌午，风明显慢了下来，阳光飘忽
挂在狮子山腰的村庄，它的寂静
并没有因我的到来，受宠若惊

能确定的是，它的静卧有时光的浓味
那时候，不会有人突然造访
每天都会怀抱日出，背衬落日余晖

村前站立的柿子树，保持着一辈子的姿势
极似一个人的孤傲，它红灯笼般的果子
至少还有梦，还有兀自的花开

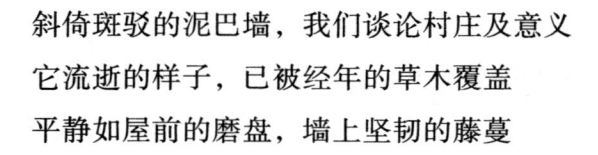

斜倚斑驳的泥巴墙，我们谈论村庄及意义
它流逝的样子，已被经年的草木覆盖
平静如屋前的磨盘，墙上坚韧的藤蔓

直到走进院子，沾泥的锄头，晾晒的薯条……
童年时候熟悉的场景，在这儿一一呈现
忽然觉得，在大坪山，我该多待些时辰

第 3 章

上显潭村纪事

这是十一月,秋风渐渐收紧的上午
来时,晴好,太阳刚刚搁上桥栏

据说,这里的古巷通往千年
通往最初的荒蛮,最初的烟火……

楼姓依水而居,马姓喻姓相继而来
轻敲斑驳的窗棂,还能听得见时光的声音

一定是某种驱使,显潭江开始丰满
饱含的激情,让水草吻透船绳搂紧腰身

红旗桥的名字,暴露了它伟岸身躯的秘密
一个时代的界线,已挤不出一丁点的水分

但蓝得澄澈的天空,照得见水面荡漾着的面孔
被风击碎的秋天,让片片金黄不经意间落下来

从桥这头慢慢走到那一头,是时间缩短了旅途
这不,碧波亭下,无法阻止一群人诗兴的泛滥

沿河短暂的凝视,来不及进入上显潭村的内部
那么,我们就此打住,去听显潭十景的正式开讲

第 3 章

过高岩庙偶书

在上显潭高岩庙前,我看着一片银杏叶
急速地飘落,然后打了个旋
刚好落在佛像跟前的果盘里

午时,太静了,风在小心翼翼地行走
淡黄的叶子泛着亮光洒满小径
连着初冬的古庙,此时的谷来秋色正浓

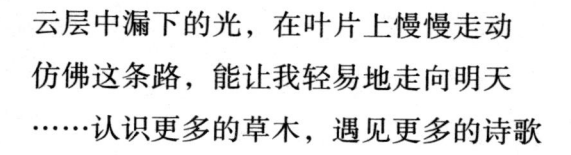

云层中漏下的光，在叶片上慢慢走动
仿佛这条路，能让我轻易地走向明天
……认识更多的草木，遇见更多的诗歌

这不，东方老师优雅地站着和一群诗人合影
他们肯定刚刚认识，不然他们会更加亲切
否则，我也不会这么突然上前，然后比肩……

第 3 章

香榧丛林

以渲染的方式,从谷来重重地落笔,起始
在诸暨赵家用几百年的光阴,分染……
那幽深的绿,大片大片地加重蔓延的速度
以至于在柯桥稽东,一任时光荏苒

一阵风,又一阵风,吹着会稽山深藏的玄机
风很轻,也很慢,慢慢吹过会稽山的腰身
然后,在主峰大王尖的肩胛停了停
看会稽山的天高云淡,也听香榧林的风涛阵阵

午后,在袁郭岭村千年榧林群中徜徉
我不担心会迷路,一千三百年的路径

至今仍清晰可见，也试图用半生的时光
努力寻找着一种语言，做一些简单的交流

村前的溪水，毫无倦意地奔泻着
我见到的快乐，是久违的洁白和纯粹
这一草一木被清水洗过，日清而月朗
香榧丛林掩映下的村庄，富足而祥和

后来，在绍兴这个有枝干和绿叶的城市落脚
榧树也被会稽山的风簇拥着成为市树
它的丰盈与沉潜，总是那么漫不经心地来
古越从此有了芳菲一片，时光也因此有新的卷边

第 3 章

榧香谷来

> 谷来镇香榧文化博物馆,坐落在建于乾隆十年(1745)的吕岙村黄氏宗祠内,祠堂的所有构件,采用千年榧树为主要材质,堪称千古奇绝。
>
> ——题记

而你,此刻不用说话
我会沿着你的纹路、脉管
找出一千年前的风涛
一千年的檐雨滴声……

细雨轻冷,掠过村庄的眉梢
提醒我,跨进祠堂的门槛
必须携带时光的碎片
在香榧丛林,让自己纷纷跌落

香榧博物馆的语言都是木质的
大门、屋梁、廊柱,仿佛一家子

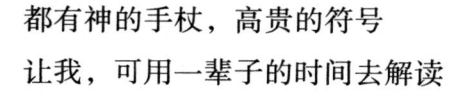

都有神的手杖,高贵的符号
让我,可用一辈子的时间去解读

在厢房,我用自己半生的生活经验
去过滤一颗香榧一生的生命流程
也试想用一首诗装进它所有的传说
这时候,仿佛我已经在香榧树下愣神……

而你,此刻不用说话,不用
我痴痴仰望你一直使用着的天空
离开时,我会把木质的诗歌留下
离开时,把"榧香谷来"这句独白带走

新昌大佛寺,云都是低矮的

这里,云都是低矮的
在树的头顶膜拜,这个时候
如果有风吹起,也不一定能吹走
一朵云的虔诚

佛法无边,你只须端坐中央
微启慈目,看一支香烛
从点燃到熄灭,从生到死
如果相信,那必是在你的掌控之中
包括小小县城,每时每刻
都在发生的,每一件事情

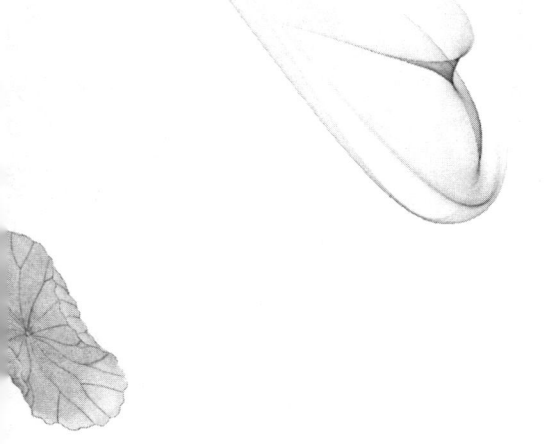

你的疆域,也因此不断扩张
从最初的大殿檐下
一路穿过放生池的水面
那些反光,照亮的不仅仅是
射雕村的墙陌,就连寂静的般若谷
日日都是人影穿梭

如此这般真实这般草木葳蕤
谁还会怀疑,你有前生的罪
和今生的虚妄,也因此
允许我一再向你靠近

第 3 章

借你白云湖的一瓢清水
洗心，也洗今生的尘垢
也把尘世的爱生生地摁住
漂洗成纯粹和头顶天空的蓝
不再变形

第4章

那一水流年，能把时间敲出声音

桃恋上了红，柳爱上了绿，如今还是依然之前，夜与夜总是隔着白天的距离其实，对于花朵的盛开，一个夜晚就已经足够

一月，对峙与吟咏

开始生长的时间，怕是再也发不出尖叫的声音

踩上一月的肩头，岁月流逝悄无声息
它的倾斜，让人不由自主地踮起脚跟

天地间，不清楚是不是风包裹着河流
把阳光掏空，岸柳飘忽，徒留暮色
而流水依然充满眷恋，期待迟迟未来的解冻

大地还是按照河流的心情，布置四季
时光中有荒凉的部分，足以让一个季节低头

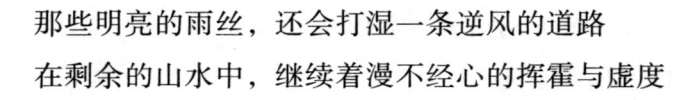

那些明亮的雨丝，还会打湿一条逆风的道路
在剩余的山水中，继续着漫不经心的挥霍与虚度

哦，零点已过，我已失去和上帝还价的耐心
拽一条河流，向夜的暗处试图迈得更深一些
读一首心跳与彷徨的诗，让时光与远方对饮
微醺时，用短暂的片刻去还原一月最初的模样
既与年龄稍稍对峙，又让吟咏和自己握手言和

二月，尚未解冻的河流

二月，一条尚未解冻的河流，欲睡未醒
风穿过树林，摁住了春光的头颅
让万物继续保持寂寥与静好

这时候，不管怎么说，该出发的已经在路上
绿风潜伏于午夜，让门前的槐树有了绿意
也因为躁动，万物都想开始又一次的抒情

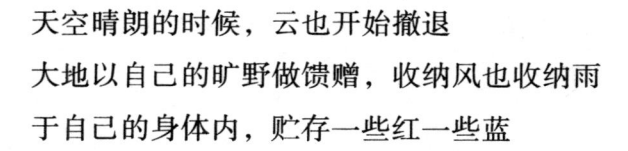

天空晴朗的时候，云也开始撤退
大地以自己的旷野做馈赠，收纳风也收纳雨
于自己的身体内，贮存一些红一些蓝

当然，所有的草木，依然会保持谦卑
蓬勃和葳蕤簇拥着时光，不久就会光临
微笑，弯腰，甚至长出翅膀表达美好的致意

第4章

三月，雨水相继造访

雨水过后，一度纷纷扬扬的雪已经撤退完毕
返回来的，仿佛不只是温润潮湿的风
梅花，冬青，不知名的小草都相继返乡
大青梅更是急不可耐，已呼啦啦地漫上了山腰

尝试赞美梅花的时候，满眼晃动的白色
更像一场大雪，一个词语滚过另一个词语
撞上匆匆而来的春雨，这样的时候
我必将穿过缤纷，亲近这开始湿润的土地

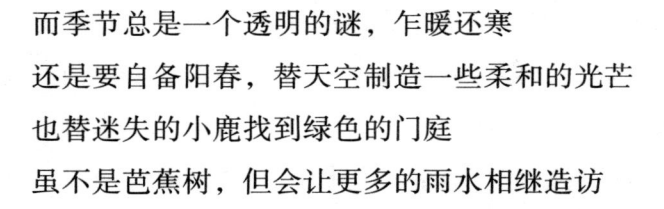

而季节总是一个透明的谜，乍暖还寒
还是要自备阳春，替天空制造一些柔和的光芒
也替迷失的小鹿找到绿色的门庭
虽不是芭蕉树，但会让更多的雨水相继造访

接着，新的旅途已经完成庄严的仪式
绿柳又将成行，挂念起苏醒的河流何时出发
这也是三月的传统，万物开始互相呼应
一不小心，荡漾的微笑让大地春光明媚

第4章

四月,没有一种植物会选择逃避

暖风吹拂衣衫,从此衣衫又有新的名字
写上风姿还不够,还得添上绰约
阳光每一天都从东边弥漫过来
仿佛冬天从来不受欢迎,似乎冬天串错了门

万物都爱上这个世界,这个世界是心中的祖国
梨花、杏花、桃花争相添上自己的颜色
在四月,没有一种植物会选择逃避
一点一点地剥落,都想有身体中最美的部分

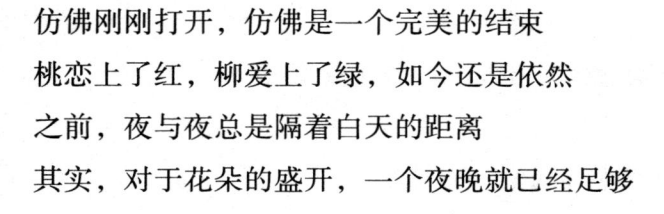

仿佛刚刚打开,仿佛是一个完美的结束
桃恋上了红,柳爱上了绿,如今还是依然
之前,夜与夜总是隔着白天的距离
其实,对于花朵的盛开,一个夜晚就已经足够

第4章

五月，折射出的都是人间芳菲

这时候的月季花，已经开得让人尖叫
它大大方方地盛开，也肆无忌惮地摇曳

此刻，阳光温煦，风是一支椽笔
上了色的原野，淌着狂草似的绿意

这才懂得，云朵白得遥远，才叫白云
同样，天空蓝得失真，这才叫蓝天

谷雨刚过，从高处落下来的都称呼为雨水
纯净、透明，折射出的都是人间芳菲

看哪，春风里画出的旷野，绿得有些过分
结满小果子的枝头，摇头晃脑直想撒野

当然，芳菲后，还是留下一些简单纯净的审美
时间，画一些苍劲的枝，空间，画上青翠的果

这五月之诗，不必有巨幅的社稷，弯曲的风暴
比如在这正午，看三角的小叶托着淡粉的五瓣花

六月，阳光呈现破碎之美

与昨日相比，云朵和云朵之间有了更多的走动
天空变得越来越可爱，仿佛都由花瓣组成

而此刻，该开的花，都已次第绽放过了
是呀，眼睛里的蔚蓝，将产生越来越多的青涩

倘若在某条路上行走，阳光呈现破碎之美
倘若旷野敞开起伏的心扉，那么万物都争相结果

在清晨，满枝满丫呈现着那么多葱郁的色彩
不必担心从视野里消失，露珠每天有新的品种

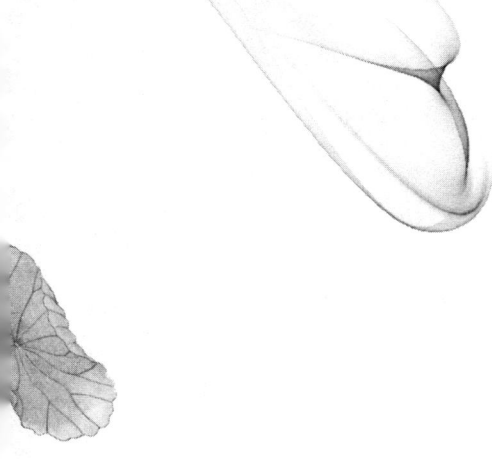

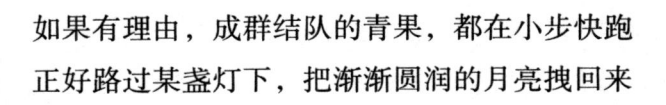

如果有理由,成群结队的青果,都在小步快跑
正好路过某盏灯下,把渐渐圆润的月亮拽回来

也就是说,小满过后,太阳的影子会不断拉长
如果躲在词语里接龙,说明我和世界还存有偏差

第 4 章

七月，慢下来，必须再慢下来

慢下来，必须再慢下来，晨起雾已散
天地间，风在集结，因为闷得太久
云在一点一点地撕开自己，因为日子过长
云又将自己收拢，直至越来越重

七月了，大地开始流火
期待一场大雨冲刷月亮留下的背影
白天的祝词，已不需过多的酝酿
一出剧情，随时可以让心境跌宕起伏

好吧,蝶影远去,天空有时会失去深邃
我想要的风景,在云彩之外的更远处
云朵飘起的衣袂,有洁白的身世
一不小心被夏风吹乱,虽然每一朵都含着火

必须慢下来,再慢下来,田野也需要寂静
绿色在沉淀,果实已经把梦做了多次
下午一过,阳光就开始向黄昏迈进
我们的内心,清凉正徐徐穿过

第 4 章

八月，黄泽江边那一缕霞光

其实，我已是多次站在黄泽江边
等待八月，等待八月那一缕霞光
穿过河流的中心，然后伫立岸边
让沙滩越发金黄，菖蒲诵读起诗稿

现在，钦寸水库赐我清流与船只
在浩浩荡荡的水声里，白鹭一路随行
而且，经过的每一个村庄，它的编年史
在春天或秋天里，都能以夏的名义来写

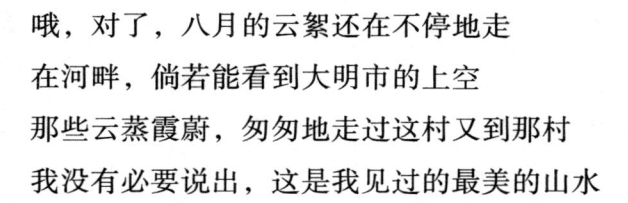

哦，对了，八月的云絮还在不停地走
在河畔，倘若能看到大明市的上空
那些云蒸霞蔚，匆匆地走过这村又到那村
我没有必要说出，这是我见过的最美的山水

过不了多久，河流会跟着风走，风也会跟着汽笛
看见自己越过月光下的河面，玉树临风
八月过后，黄泽江依然江水清亮，水草轻盈
只是那些搬迁了的村庄，已各有自己的命名

第4章

九月，那些温柔那些美好

你来临，我必须挑一些简洁的词语
修饰迎面而来的时光
一路走来，冬雪越离越远
而夏雨还在怀抱，还湿润着

噢，我们是要湿漉漉地相见吗
秋天一个个地出走，但又回来
半辈子即将耗尽，正如你披肩的薄衫
装扮了天空，也湿透过荒野

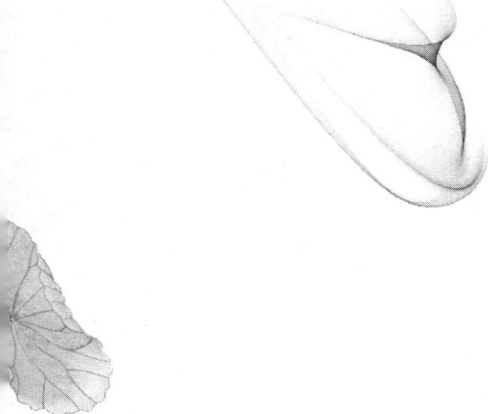

但是,我们不能让时间无限地坠落
不等黎明,不等祥云降临
如果无力拒绝黑夜,那我就会
拖住若隐若现的星光,照亮来路

九月,你真的来了,如去年的容颜
那些温柔美好,还得一样虚度
我的诗和你的远方,还得继续
那些更深的夜晚,还得醒着

第 4 章

十月，绮丽与沉潜

曾说，如果有一枚饱满的果实
以坚持的方式，等待一封不会过期的来信
那么，以绿，以山，以水，以风——
只为一次金黄，一次有无限可能的顿悟

阳光温情了许多，接下来温煦重新归位
一成不变的秋风词，照样打着转
从东头滚到西头，一次次地经过身旁

而一棵棵树的改变，总有自上而下的美
一滴雨一阵风，会匆匆跑来再一次提及

可每每转身，等到的还是那独一无二的原色

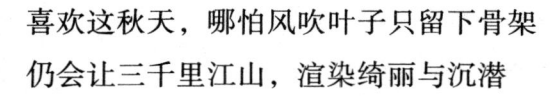

喜欢这秋天,哪怕风吹叶子只留下骨架
仍会让三千里江山,渲染绮丽与沉潜

秋色正在来临,或者已经来临
大地不再动荡,倘若心有悬崖
也不会有人代替继续踽踽独行

还是放走白马,等待秋后的一次霜降吧
甚至,让雪覆上新鲜的焦墨
涂鸦一幅刚刚构成的素描,衬出的色泽
一定是十月,那张明明暗暗的山水

第 4 章

十一月，清欢与荒凉

在这时光里，你所见的原野渐渐变换颜色
相对于这个世界，我相信有些事的缘由
不必一一呈上，那些进入肌肤里的沉寂

秋风瑟瑟是现在，果子甜润也是现在
这季候，有最初的热也有最后的冷
轻舞飞扬，秋海棠有你未知的不安

独自一人，走进秋天并不会感到寂寥
另一个我，他所拥有的大好河山
都来自草木葳蕤、春意暗涌的身体

从出生到衰老，所走过的盎然与繁盛
都是自然赠予的礼物，早已悉数收下
但我们依然还会热爱，那些清欢与荒凉

第4章

十二月，炭火与凛冽

阳光从屋檐滑下来，落在了窗外
贴在草尖的时候，叶子正在呢喃
这是十二月的预谋，把时间敲出声

草枯了，它是沿着台阶一步步退去的
这时候，不会有人重新描摹春天的轮廓
如天空怀抱雨水，不会轻易还给泥土

我相信轮回里,有生命迹象的存在
我们关注的云朵,有绿风生长
春风歇息的夜晚,还在荡漾

何况,旷野沉睡,冬日并不漫长
河流、枝头和最深的夜晚,一直醒着
我们拥有的炭火,足以温暖内心的凛冽

第 4 章

第 5 章

这个季节,天空偶尔落泪

我知道,这个季节一定会阴雨连天

左手托住阳光,我的右手还会

握着这个日子的暮色,偶尔落泪

在山之隅

——写在 2017 年父亲节

我知道,这个季节一定会阴雨连天
左手托住阳光,我的右手还会
握着这个日子的暮色,偶尔落泪

一去就有几年,一如消失的闪电
不再捎一下消息,却在山之隅
是否斜月三更,静观人世寂寥

尚有绿叶装缀,慢慢老去的时光
但这以后,必须埋下念想
继续着,那些我们都要走过的天涯

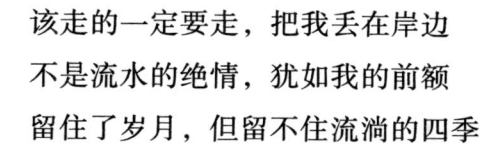

该走的一定要走，把我丢在岸边
不是流水的绝情，犹如我的前额
留住了岁月，但留不住流淌的四季

无论怎样，面对一座山，我必须下跪
这尘世上，很少有名字值得记住
有如我，很少写这样的一首诗

第 5 章

枣园,我一直不敢抒写的村庄

——兼记2017年母亲节

一直不敢写你,写你我就会想一些人
和一些事里的某些痛,这些年
写过新昌的山,也写过新昌的水
还写过,和我没有血缘的许多村庄
只剩下,给我一滴血的你,不敢触碰

我怕痛,怕你的风也怕你的雨
风吹一吹,就会把我吹回过去
雨淋一淋,就会把我渗入地下
因为地下,住着我的父亲和二十年前
就去了的,我永远五十二岁的母亲

今年的生日一过，我已经
赶上了母亲的年龄
生出了母亲一样零星的白发
想念的时候，我恍兮惚兮地瞧见
街上行走的女人，极似我的母亲
我看见了她，不知她是否也看见了我

总有一些时候，有些想你
想你的天空、你的山、你的水
我挣过七分工分的那片土地
以及你，地上地下的一切

第 5 章

想了会痛，痛了不知怎么会更想
想我久不住人的老房子
想你对面山上，前些年
迁移新居的父亲母亲，还有
早已定居山上的，众多亲人

端午，天空落泪

现在，我以一条江的名义称呼你
你能看见，我的嘴唇紧咬
不是因为干渴，而恰恰是时间的折痕
六月在渲染，潮湿在蔓延
水中的影子，还是那样忧伤地看我

一定是，一些话还没有说完
一定是，水的沉重让你没法呼吸
偶尔的低头，都能唤醒波澜
堤岸之上，我无法阻止一片乌云出没
尽管，我至今还与一条河流为邻

芸芸众生，却是各怀心事，各自忙碌
一个决绝的日子，只留下一个名义
孤独的词，被六月的手掌摁住
就这样，坊间已经把一场生死
叙述得凄婉哀怨，也足够荡气回肠

天空偶尔落泪，无关这个夏天的忧伤
初夏的风吹得比春天还温柔
我知道，盛夏会接着跟来
于我而言，我将独自走过那些山水
也没想过，把人世的苍茫一一席卷

清明,必须跪着的某些天

不要对我提及雨水,这时候
你最好不要说出,晨起后的隐痛
是午夜的咳嗽留下的,你要了解
这么几天,连最高傲的头颅
也必须把自己压低
脸上的阴霾,也一样低于眉梢
这样的情景,我是一颗匍匐的石头
面对苍穹,允许我奉上
一叩一拜

人到中年,亲人多个离去
中年的肋骨代替我哭泣
代替我经历一次次的击打

但至今没人替代我
沿着茅草覆盖的小径
把渐行渐远的疼,在七尺坟头前
如期发作

这场景,似乎有些千篇一律
一样动用鞭炮、香烛和丰盛的餐宴
仪式一定要庄严,我知道
此刻,谁在高处,谁在笑着接受
一年一度的叩拜,而这些天
是我一年中必须跪着的某些天
包括我的这首诗,这些照片

稻谷黄了

这个时候,如果继续往深处行走
你会发现,今年的稻子让秋季
过早地泛黄,趁着暮色尚未降临
我把秋色,开始一个一个拿出来
细细端详,并说,秋色你好

也就是说,时光往前走,我们收割的
不一定是荒芜,有那么多的丰稔
覆盖了被风吹拂的原野,山峦也是
村庄呢,在你的面前,说着说着就富态了
不紧不慢地,走在十月的路上

第 5 章

虽然，从现在开始，我已无法阻止
一株植物开始衰败，连渐渐变化的颜色
也无法修复到春天时的样子
荷尔蒙，暂时还没有回来的迹象
手握的那些叶子，仍记得夏日里的萤火虫

是呀，稻子熟了，禾苗走完剩下的光阴
只等季节轮回，而我们呢，只能预感到
一场越来越接近的霜降，为你我阐述
我们这个季节，那些慢慢枯黄的理由
包括有些旅途，我们已经不可能重走

柿子红了

一树的柿子,开始由黄转红
这样的时刻,总会有一些热爱相继掉落
相对于即将到来的冬天,我们所面临的霜降
你是不可能看清,我身体里的凛冽

当然,在最靠近我的地方
还是有温暖在上升,还是有柴火燃起
在继续烧旺着,一个节气的时光
与你有关的一切,继续保持静谧与寂然

第 5 章

而且,在早晨或是傍晚,风会很凉
你怀抱的天空,一定不会错过阳光
接下来的苍穹,会更加深邃与幽蓝
我的每一次战栗,都与深沉的秋色相关

甚至,那些停止生长的植物,不是没有梦
它的荒凉是我无法形容的语言
因此,我们走过的每一个地方
尽可能留下一些诗歌,记录一些热爱

秋天的重量

越来越深沉的，是时间在急速下坠
这样的时候，我已压不住疾驰的风了
一样老去的，不仅仅是山冈和河流
曾经温暖过的领域，都已怀抱落叶之心

那么，从今天开始，我们笑迎落日余晖
此时此刻，谜底越来越接近揭开
有谁会计较，夜色究竟还有多深
再说这剩余的天空，云霞已渐渐退去

还好，深秋的一场细雨，让我们明白
春天的梦，从现在开始一寸一寸醒来
斑驳陆离的金黄，正在遮蔽无尽的空旷
秋无语，是由于颜色有了它自己的重量

第5章

冬天的温度

注定在此地相遇,那是因为一场风
让一个季节产生渐变,秋后的田野
比春天有了更深的颜色
……轮回里,你正在寒风中前行

什么样的诗歌,能诠释流水般的经年
冷啸的风,不一定带来霜雪
却有一个季节为之枯萎
……宁静里,接着的风将会潮水般扑涌

期待的雪，一定会穿过落日悄然而至
倾斜的阳光，正照射着一月的冰点
在睡梦的外围，一棵棵树上已挤满花朵
……白雪里，却有你看不见的疤痕在起伏

其实，有时候絮絮叨叨的风，说了不算
同样，淅淅沥沥的雨，也不是
等我从往事中脱身回来，抵达季节的门扉
……血液里，通往下一个渡口的行程，不变

第 5 章

越过左岸的雪冬

我曾构想的一场雪,就这么真的
越过左岸,洋洋洒洒地来
我的期待有些踉跄,内心豢养的
那些孤独,开始措手不及

风吹来时,也正是你越过
尚未结冰的河面,六棱角的雪花
向我飞舞的姿势,让我的一些想法
突然变得简单、空旷了许多

也因此，整个世界不再杂乱
和我内心一直保持的纯白
互为调色，所以在我看来
神秘幽远的蓝，是你给予我的底色

其实更多时候，我骨子里
充满舞动的火焰，足以软化
冬日时光，软化雪的硬度
也能凝固，你一场泪水的泛滥

第5章

将红尘剥落的雪野

除了雪,还是雪,这是我
走进双彩那片旷野,背后冷飕的风
提示我,我已经混进一片白
而且,一定有什么在苍茫中
将我的红尘剥落

远方一定很远,我已经不必关注
置身天地之间,我可以把自己忽略
也可以肆意地把自己展开,正如
摊开一张纸,不必在意
我的生活曾写过多少苍白的文字

登临狮子岩时，寒气荡漾着
慢慢渗进我的血液
直到指尖的麻木，提醒我
在过去的时光里，我把生活
是不是装饰得过于沉重

或许，此刻以后
我所拥有的苍穹，以及旷野
许多人并不了解，我们都应该
向内心输送一些宽容
让飞雪覆盖的时光，留下一份纯洁

第 5 章

俯身于雪的村庄

雪花飘落,覆盖了村庄的宁静
一夜间,我突然发现
你所有的颜色已被涂改
你所有的一切,都俯身于雪

就像我,习惯了向高贵和尊严低头
向雪弯曲,就是雪一直下
我也会在你的黑白之间
多留一些矜持和一小片洁净

也仿佛，你已经深陷，你的日子
和我一样，早已困顿很久
灵魂的痛被悄无声息的雪掩埋
我日渐老去的容颜，却已站在了身后

那么，谁能告诉我，谁是谁的过客
南方的雨水，究竟会不会记得
今年的一场雪，是否真实地存在过
但你周而复始的一年，的确已经开始

第5章

声声慢

不必相信命运，小心脏可以不要跳得那么剧烈
夏日过后，秋色抬头，天空的皮肤会更加幽蓝
这时，可以不紧不慢地起身，在某个村庄停停
掏出体内的山水，给予只剩下骨骼的田野

微风里，炊烟袅袅，呈对称式婀娜上升
这让赊来的中年欲望，一低再低
那些手机镜头里的田园诗，多么美好
清晰的细节，是壮士扬着马鞭送来的锦书

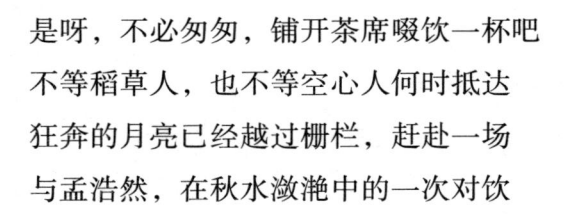

是呀,不必匆匆,铺开茶席啜饮一杯吧
不等稻草人,也不等空心人何时抵达
狂奔的月亮已经越过栅栏,赶赴一场
与孟浩然,在秋水潋滟中的一次对饮

与其放飞不了鸿鹄之志,不如亲近每一个晨昏
与其搬不开夜色下的坐标,不如顺河而下
与其走不了马匹饮水的四方,不如让乡愁醉了自己
与其,与其让诗词哀怨凄戚,不如让它再活五百年

腊八节

那一年的腊月初八,拂晓,晨雨
毕钵罗树下,我在光阴里坐禅
树上的果实放下偏执,交出私藏的秋天

已是一次次死去,又一次次重生
内心悬浮着的火山、瘟疫、寂寂的空山
相继掉下来,相继成为箴言或是谶语

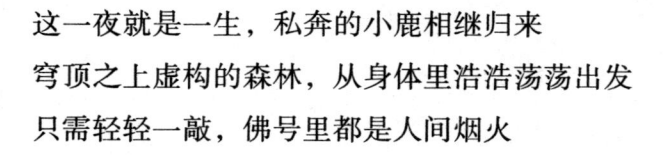

这一夜就是一生，私奔的小鹿相继归来
穹顶之上虚构的森林，从身体里浩浩荡荡出发
只需轻轻一敲，佛号里都是人间烟火

风一掠而过，传递的是一样的理念
腊八旺旺的炭火，继续着尚未出发的美好
再说，内心的温暖以波浪的形式，正在路上

第 5 章

禅修

从一朵莲花,读懂来世,稍稍有些深奥
天地之间,人间已经过于庞大
仿佛世间是由加法组成,熙熙攘攘

……真静,风拉上门也吹开世界的窗
仿佛这静是一棵小草看着另一棵小草
任阳光倾斜,也任浮云飘忽,人间走远

也需要一点点耐心,让身体里的潮汐慢慢生成
河流开始奔涌,温暖漫过堤岸
天空万里无云,而世界在一步步退去

……之前,生活过于庞杂,半生凌乱
好了,现在可以把自己抛在一边
回到内心,修补时光留下来的窟窿

然后,把太阳移除月光消隐,剩下小我
最后又去掉小我,仿佛这人间是一道算术题
将大地翻转过来,大地也是另一个天空

第 5 章

第 6 章

茗香一瓣,谁与尔饮

我想在一个地方,停下来

在暖阳下的秋天里

任凭秋水,把我不断地漫泡

大红袍：有一种颜色我喜欢

在慢慢老去的时光里，我开始流浪
我已经不再想春天和那些远去的事
在万千尘埃中我找回的，是那片秋色
是你的，那一阵阵炭香
还有你，我无法抵抗的火香

更多的时候，我背着褴褛行走
让自己和孤独一样辽阔
希望在某个地方，和你
有一次简单的萍水相逢，告诉你
有一种颜色，我喜欢

我来过也未曾离开，那气韵逼人
你自己是不会理解的，你来
是奢华地来，蓬勃地来
我总在怀疑，在这个季节
我怎么会让诗意持续得如此许久

我愿意，随你也随季节慢慢移动
你可以一言不发，悄悄地注视着我
让醇厚于胸间，幸福翻滚
你只须记住，九龙寨是我的福地
就是有微寒袭来，我依然钟情

第 6 章

金骏眉：桐木关是你的娘家

我想在一个地方，停下来
在暖阳下的秋天里
任凭秋水，把我不断地浸泡
在十月里，让风吹旧我的衣衫
这些，都不足以抹去
你对一棵树的记忆，反而
你的思念会因进入深秋
越发显得金黄而饱满

就这样，我已接受你的安排
让灵魂濯洗，并且和你的身体
开始融合，开始让我的河流

一度奔流，尽管你
还不曾说出，今后生活的方向
只是你，一路随我而来
把花香带来，把酿好的蜜
揣在怀里，也为我带来
最初，你是以杨柳的风姿
停泊于我的岸边，我曾多想
挽起你在河水里的倒影
和十月一样立于众人的视野
然后，我将你视为我的亲人
走进我的村庄，住上我的婚房

第6章

就这么想着,以后也是
天空的蓝是你的,包括我
也是你的,我们属于白天
也属于每一个星星满天的夜晚
而且,当你把灯火点亮
我将告诉,每一个过路的客人
桐木关,是你的娘家
这些,他们不一定知道

肉桂：在慢慢——支离我的孤独

我知道，这一年，秋水连天
你开始迷人，慢慢支离我的孤独
倘若去掉寂寞，就是火焰
你来时，霸气侧漏，那香
让我心慌，无法躲闪

其实，往年的风还一直在吹
犹如我，仍沉溺于那一抹亮色
痴迷于你的明媚，甚至
四季的每一缕风，信手拈来
都是馨香，如你身上的岩韵

第 6 章

如果不迷恋，我不会只等黄昏降临
对你的莞尔一笑，正如毒药穿过情肠
我的容颜，枯黄于伤情的流年
今日相见，我早已忘记埋下的毒
只想为你，献出我今生的秋色

这不息的香，还会持续，在灯下
我们把盏，小饮即会大醉
迷蒙之中，尚不知
谁的眼睛深邃，倘若你不在
我定要陷入缠绕，不再醒来

水仙：从我的——指间奢侈地流

就这样，与你一起来的还有冬天
和这个季节慢慢染上的白霜
从现在起，和你也和你的味道
开始细细地交谈

我已习惯，以一杯清水的姿态
出入每一个夜晚
习惯让年华，从我的指间
奢侈地流，不经意地淌
如果不是你，我还会在
那些杯盏交错中放纵
让日渐苍老的时间，悄悄地
窃取我的容颜

第 6 章

而你来，是带着岩韵带着木香
在我日渐麻痹的深喉
遇上彼此的孤独
让你的青苔味还有那些糙米味
拥进我醇厚的胸间，让你
触摸到，我慢慢上升的温度

也在，这二月之初
我必须扣住这离散的时光
接纳你的流水，你的春风
人到中年，仿佛无路可逃
那么请你，走进我的沦陷吧
独立寒冬，悄然芬芳

六堡茶：在春天的怀里醉了几秋

我站在荒芜的山坡，细数
夏天的风吹过的年华
有人悄悄地流泪，去了远方
可是我还在，我想继续等下去
一位诗人会来，给我带来你的诗稿

现在，我不能说，你已经来了
你来，是带着槟榔的香味来的
你的香早已飘出来
我在春天的怀里，醉了几秋
但我，一直守口如瓶

在此之前，忧伤是一块久冻未化的雪
你不动声色，你任岁月沧桑

一叶的寂寞，装点过一棵茶树的绿
爱是黎明前的一次梦魇
雨来了，你绝不会说，你渴了
如一场月夜来临，你不会告诉我
一种相思，是在何时滋长

你的手掌，有些微凉，在这时
我是不是该告诉，你的沧桑
曾打动了，愈陈愈香的岁月
我来了，你必须把夜火烧红
与我的河流，与我站立的姿势
做出呼应，在我向你俯身的时候
你脸庞的红润，是不是早已喊醒
我体内那些激荡的波澜

落霞：一些永恒 一些玫瑰

不知在等谁，你一早把门推开
让黎明涂满金黄，似王者归来
直至黄昏，映照窗棂

我是要猜测的，你吹的风
有漫不经心之意
经历的雨水不算什么
那么火焰呢，那么
草地上的树呢
那些抖落满地的霞光
我要说些什么呢

第 6 章

但是在七月，我总是
朝着你的方向
沿那条小路，一直走
我会穿过你的领地
不管你是否愿意
我都喜欢这片天空
和它内蕴温润的陈香

而且，在黄昏临近
好消息从远处清晰地传来
我呢，准备好秋水与长天
一些永恒一些玫瑰，等你
把心掏给我

景迈：有蛊惑

万物的部分

曾是混迹于山野，蕴山野之气
我是雪白的肉体，落在尘世
风从前世，吹到今生
我一直在抗拒
那些风霜，那些雨雪

我低矮，是因为
我高不过景迈山
我苍翠，是因为
太阳和我过于亲密
我落在尘世，该是
多么单薄，坐一坐
易武为后的龙辇

第6章

在一个女子的梦里出现
该是多么荒诞

这一些，是你所知道的部分
而这不是我给予你的真相
如果你来，来我的山涧
我将褪去全部衣裙，放下
卑微，纷扰，冷嘲
让风可以肆无忌惮地吹
吹拂我的草木，我的丛林
我的高山，我的溪涧

因为，你会发现
我有蛊惑万物的部分
持久而浓烈，此刻
你可以静止也可以战栗
这袭人的香，直接地快速地
将你充盈，让你
那么轻易地说出
心中隐忍的，那份爱

所以，班章这位老王
这样说，你是我的妃
过来，这是你的位置

第 6 章

芷兰：把那香气吹过来

即使站得很远，即使在深山密林
独自芬芳，但风还是会
把你吹过来，把那香气也吹过来
告诉，你有好听的名字

也是那阵风，把我吹醒
我发现，你的寂寞已久
而我，恰恰孤独已深
有炊烟飘起的，都是恋爱的地方
而你我偏偏不是

含香，袭人，徒有爱
我不能再说了，杯底留香

究竟为谁，万物皆有去处
我不愿只用记忆想你
荡过秋水，你可以拥抱
每一个远道而来的人

是的，如果无法拒绝你就不必拒绝
韶华易逝，有时，生活就像
一场言不由衷的游戏
只有我那怀揣内心的火苗
是真实的，所以，你完全可以
把自己写得更明媚些
如果爱，那么请你，继续爱

第 6 章

臻品蓝印：下个春天我们再爱一次

闭上眼，你的天空辽阔
天凉以后，你不必以飞翔的姿势
怀抱梦想，其实那旷野
就是你的宫闱，这真实的样子
比如，南糯山的浓香与碧绿
比如，巴达山的水蓝与清透

我们，必是要在某个时辰
如期遇见，朝晴，暮雨
都是这个季节的情感
为一场热爱，做一些铺垫
毕竟，彼此该是如此平凡

我不需要声色，也不拥有江山
只喜欢，走进你的内心
把你不断翻涌的风暴
窃为己有

不说有多么高贵的血统，也不谈
你的模样和我是多么相似
如果不是和你遇见
我怎么能懂得，一种爱
该怎么摆放，以为这一生
留下的是遗憾，带走的
依然还是遗憾

第 6 章

真应该,说声谢谢,一直想说
生活的苦,我们不带走
只要你陪伴,我不担心我会走失
你让我更像自己
这个夏天,我们拥抱一次
下个春天,我们再爱一次

为你准备一条河流
易武正山古树茶······

我应该，让自己再次沦陷，沦陷在
你为我精心设计的那一场浩劫
你那不慌不忙的样子，是一种随意
如果不是风吹，你怎么知道
我为一阵阵梅子香，却是举止失措

起初，我只是对你交出了嘴唇
而你，却还我了苦涩的风暴
然后，是幽兰香的洪峰，也为此
我匆忙出逃，你却缓慢回流
我不能告诉，我是躲在

第6章

蜜蜂、蝴蝶的巢穴里,品味着
从你的胸前,摘下的风声和鸟鸣

是的,我已爱上了,你的味道
你持久的气息,我知道
舌底生津,必须为你准备一条河流
流淌你的柔情和温婉
也必须用尽所有的词语
把你写成春风、夏雨,甚至
还可以写上秋霜和冬雪

如果可以，我将掏空黑夜

让你为我填满我的虚空

只说爱，只说拥抱，只说香风暖人

倘若爱你，那么爱你将是一场浩大的工程

我将最先经过你的河流，你的草原

经过放牧我十万豹子的你的丛林

这些，都是，包括你

那些，颤颤巍巍的峰峦

第6章

千年之吻：你想要的缠绵

是不是，一千年太久
我只需要你雾霭缭绕的片刻
一匙汤，足慰平生
也就在，嘴唇闭合的瞬间
我知道，你我的时间并不多
生活的涩是一场芬芳的诱因
如果把你交给我，其实我也同样
交出即将枯萎的余生

请你献出一吻，我将腾出地方
盛放你香洁的气息
趁月色朦胧，我将背起你
我们的私奔，不需要理由

或者，为做一次真正的自己
你完全可以来一次心血来潮
后面的事情，让我来为你赴汤蹈火

甚至，我已把时光纷纷推进深渊
可以让灵魂飘飞，让心也飞得恍惚
这样，你可以留下甘甜与芳香
我呢，会绕过命运和岁月
关闭所有的白天
让我对每一个夜晚充满回甘
此刻，你想要的缠绵
俯首即是

第 6 章

弯弓：那最美的潮红

细细绵绵地漫过堤岸穿过松林
这个夏天没有设防
我把冬装秋被置于旷野
让自己裸身于风中
只是，为一场雨的相遇

我希望，我能走出时间之外
在那里，我能找到你
分一些古韵蜜香与我
以往那些，被我挥霍的时光

不要再提起,我将平静地
写一首诗,把你的轮廓
印在曾经涂涂改改的草图上

是的,我不必说出赞美,况且
我的领地,早已被无声地浸润
在有雨的夜晚,我全身通泰
尽管看不清天空的模样
我却遇见了,那最美的潮红

第 6 章

普洱 9016：陈香的一笑

……擦肩，再次遇见已是经年
一个陈酿的秘方就那样遗失
为一场寸断的爱恋
把一个个季节，簇拥而起

我爱上了你陈香的一笑
也许春不遇春，秋也不遇秋
美人把盏，不为风来
却为秋霜写下孤寂，任暗香浮动

灯影绰绰，仅存一些迷醉
我已收藏了宽阔的宁静
与你共啜一夜花雨，或者
趁月色尚未惊心，邀你私奔

第 6 章

班章：如火焰——不能拒绝火焰

一场暴雨，似乎酝酿已久
内心的风暴，来不及思量
十二级的大风，从骨子里旋起
又落下，落在生活苦涩的表面
正如火焰，不能拒绝火焰
无法阻挡激情，引火上身

我今日，因你而脸色绯红
面对你，我张口结舌
胸膛的起伏恰似悬崖下

鼓胀的风,急切寻找不宽的山谷
卸下语言,卸下面具
让你喜欢上我的裸身
那宽阔的河床,坚实的堤岸

这时候,你该斜枕我的臂弯
睫毛覆盖宁静,除了省略的部分
剩下的都是恬淡,都是辽阔
还有你如兰的呼吸

第 6 章

沱茶：前生是一匹钟情的白马

冬日已深，我独酌一杯沱茶
依次饮下，松树红杉香樟的味道
就在冬夜，趁雨雪未至
我越过隔壁的庭院，早早地等你

仿佛前生是一匹钟情的白马
为破旧木门上的大红喜字
曾穿堂入室，饮下木香的苦味
在木质的柴门边，双膝跪地

你吻过的气息,依然诱惑
而你风一样俊朗的男人
让我沦陷在你宽阔的中央
呼吸艰难

如果允许,我要捻亮那盏油灯
烧旺午夜的炭火
泛起潮红,褪去衣衫
然后,和你一起裸舞

第6章

易武：一位来自唐朝的女子

今日，我站在岸边，等你
等一位来自唐朝的女子
略施粉黛，临风曳裙
其实等你不为别的原因
在冬夜怕你被寒风吹疼

在深处，时光已悄然褪下衣衫
让润滑的音色吹瘦你的细腰
我想请春天重回枝头，让云雨
再一次在血液里沸腾

茶中春秋，恍若隔世
夜深物静最是适合，放牧心灵
那么请你，把身体里的所有隐秘
逐一打开，哪怕只是一寸肌肤
也会刺激，我的一字或者一句

第 6 章

冰岛：清清淡淡的醇香

清清淡淡的醇香，弥漫
入深喉，也入心肺
在冬夜，一次冰岛之恋
让我为你如此牵肠如此挂肚

十二月那芳菲弥漫的爱
渐积渐厚，渐聚渐浓
请你伸出手掌，像我一样
等待花开

清泉流淌，情意悠远
不必在意你的孤寂和清幽

也不必问，远方有没有人想你
而且偶尔的失眠，并不阻碍
让夜深一点，再深一点

夜未央，品茗小啜，趁夜色尚早
与你游历一半前生一半来世
然后，请你滤清体内所有的尘埃
等我焚香，等我沐浴
这时，如果你能听见，我想说
跟我走吧，抱得美人，只用此生

第 6 章

第 7 章

节令里,我们依然爱着小小的人间

要不,住一间茅屋吧
点亮萧窗的那盏油灯
我一杯红酒,你一杯嫣然
隔着千年,看你唇边一笑

立春：有一场春风来袭

等了很久，我心中那场
轰轰烈烈的大雪，没来
而淅淅沥沥的雨，抱着这个冬天
在我的心房取暖
冷风吹，不疼
冰凌刺，不痛

你是不是，也渴望
有一场春风来袭，吹散衣襟
甚至，不惜身体的全部

绽放一次杜鹃红,和那一场
纷纷扬扬的梨花开

明日立春,你会不会
趁午夜梦酣,为我
约来第一场春风
装缀我,给你的每一首诗
或者,送一瓣红心蜡梅
香到心醉

第7章

二月初临,时光不再
不长不短的一生,就像
这个冬日,说走就走
那么我说,请你把手给我
让我为你,安排一场
春暖花开的约会
而此刻,你肯定会想起
你还欠我,一个拥抱

雨水：共访春的故乡

暖意开始漫溢，周身的风
沁入肺腑，也是暖的
春夜酥软的胸膛
似雨的曲线，和呼吸一道起伏
我种养了一个冬季的豹子
早已在体内，左冲右突

今天开始，我换上薄衫
收起所有诗稿，邀你出游
趁旭日初升，季节返青
把你给我的一缕阳光

第 7 章

常年插在身上,让温暖
从头顶从手心,源源不断
进入我的心房

也是今天,你是否与我
再走近一点,共访
迎春、杨柳和桃树的故乡
江水边,槐树下
忽略一些时光,只为你
留一窗蔚蓝
开始一场简单的爱情

今日雨水，恰逢正月初一
下一个季节，将会春暖花开
而我的诗歌，也会
时而骨感时而丰腴
在季节和天空之间
我必须把你写得
一半丰沛，一半湛蓝

第 7 章

惊蛰:看桃树李树,一身的粉一身的纯

雨水过后,千树万树
开始筹备一场集体的叫春
我坐在一扇临山的窗口
梳理绿色、粉色、橘色
还有被渐渐忽略的灰色

你准备好了吗,趁天色放晴
打开你所有的禁锢
把阳光放进来
清除你,背影后面的积尘
和你,摇摇晃晃的疲倦

此刻，绿色会快速传染
正如你遏制不住的笑纹
把这个春天，不停地荡漾
甚至泛滥，甚至怒放

今日惊蛰，我看到小鸟立于枝头
唱遥远的爱情，泉水叮咚
看桃树李树，悄悄地宽衣解带
袒露，一身的粉，一身的纯

第7章

春分：把春分一半，花开两枝

明日将把春分一半，花开两枝
白昼与黑夜各占一头
让各自的心思都想着同样的事物
这时，你是不是趁着夜醒，和我一样
打着诗的腹稿，让一万棵树盖上崭新的绿
彻底忘却，这个冬天留下的荒芜

桃花点点，一如你猜不透的心思
在一缕又一缕的春风中
一次次地变得暖和，惹人心醉

正如我，在一个又一个冬日
发誓收复，失守多年的锦绣河山

我知道，是你的神秘力量
在推动着我的脚印不停地注释
生活的另一方面，即使有一场风雨来袭
也不影响春天的花事，在山坡，在原野
在深蓝的苍穹下，铺天盖地地展开

第7章

谷雨：颜色有了重量

这时候，颜色有了重量
特别是那些绿，雨之后
有更多的绿，在阳光下铺开

这暮春，我的时光变得如此局促
在拥挤的雨水中，我努力寻找
属于你我的那滴晶莹与纯净

而且，在风里，我早早地苏醒
随后谷子也醒了，醒在午夜
它有满腹的心事，那心事浓稠的呀

渴望一场雨，冲淡那么多的混浊和冲动

是的，你一次次试图把自己
从身体里掏出，让绿色的裙裾
再吹开一点，你这样肆无忌惮地吹
直至将我的目光，彻底击碎

明日谷雨，我将斜倚在窗，听雨
甚至，把它当作自己的名字
可以让你，在这首诗的最后，找到我

第 7 章

立夏：推开——五月的门扉

越来越热的春天，在你的怀里乱窜
这以后，我将豢养的诗和豹子
放养山川、乡村和每一个晨昏
也在这时候，我会告诉你
左手轻拈诗稿，右手必须
关心农事和稻苗的长势

对你的寂静，我开始留恋
一场春风一场雨，你才有今天的桃色
也才知，谁的眼睛深邃
又是谁，能把你从我的身体里喊出

而我,要告诉你,你的抵达
总有一些诱惑,莽莽撞撞地来

推开五月的门扉,便是立夏
这时候,就是蓝天、白云、碧水
统统关闭,也难以关住你的微笑
让万物开始骚动,因为你的到来
我将掏出一切美好,并且
在你裙裾飞扬的瞬间
让你,有一场夏雨的泛滥

第 7 章

小满：接下来的日子你将蓬勃

昨夜的雨水，在黎明前
已驻扎在你的草地
我知道你湿漉漉的心事
在五月的墙篱，左冲右突

这个时候，你开始丰满
开始羞羞答答地张开
紫色的蕊、嫩黄的苞和淡绿的芽

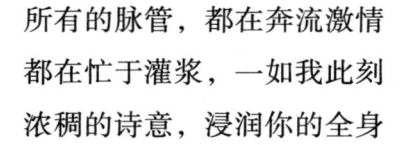

所有的脉管，都在奔流激情
都在忙于灌浆，一如我此刻
浓稠的诗意，浸润你的全身

这样的时光，风轻盈雨细腻
我不能怀疑，接下来的日子你将蓬勃
有属于你的盎然与盛放

这样的盎然和盛放，我会悉数收受
并将以阳光般，给你温暖和爱

如果给一个盛夏,必须包括
果子、谷子、麦子和田野上所有的植物

感谢你,由于你的生孕
装饰了天空和并非虚无的生活
倘若忽略你,将会丧失
这个世界所有的颜色
因为,你不缤纷,我也将枯萎

芒种：风中有麦芒的味道

这些日子，适宜收获也适合播种
或者以阳光，或者以细雨
我坐在凉风习习的露台
听风，听雨，听河水回流的声音

如果你，还在远方，还在抱怨荒原
我还是想让你，回到六月，回到内心
那些诗句，我们不去回忆
那些远山，随它远去

第 7 章

你来,是带着群山,带着旷野来的
风中有麦芒的味道,我敢肯定
一棵秧苗的冲动,已代表一个季节的暴动
而你,恰恰在我的雨中,彻底崩溃

从此,我肉体的鳞片,因你
而呈现的反光,刺激着植物
以及它的荷尔蒙,我只等你说出
一场梅雨来临前的渴望

然后,一切早已准备就绪,只等
一滴雨落下来,接着许多的雨落下来
我将解开六月的衣裳
把花开在嘴唇,把种子植在胸襟

这时候,你会知道,我的田野
该是多么丰盈,繁茂
如果此刻,你还不打开天空,我也将
打开自己的身体,把你开成灿若夏花

第 7 章

夏至：我们依然爱着小小的人间

炎热将至，阳光直立于北回归线
遥望南方和雨季，我知道
偶尔有落日，也是在浇灭流水和惆怅
明媚和雷雨，却始终交替着
在春天的梦里，继续徜徉

远了的，是吹着熏风的五月
而这六月，已是绿叶尽绽
开放的花朵开着虚无

懒洋洋的阳光,依然爱着小小的人间
如今的忧伤,已经不属于谁

如果不迷恋,就不必站在树下抒情
光阴看不见,却谁都拥有那些部分
如果心有晴空,我将掏出蓝天与白云
倘若风雨来临,也不必自折翅膀
我还会将诗歌,写得夏雨淋淋

第 7 章

小暑：一场认真的游戏——和自己玩

趁天还不是太热，让我走进泥土
等一场暴雨将我湿润
我清楚记得，那些错过的时光
肯定不是我的，我所拥有的辽阔
只剩下，还在缓慢前行的脚步

也知道，我又回到自己的命里
和自己玩一场认真的游戏
清晨或是黄昏，都是重要的情节
初夏播下的种子，总是灌浆饱满

而不断光顾的暴雨，生生地摧折
眉清目秀的花蕊，生命的花朵
等待远方的雨水，悉心地安抚

这样的时候，请把我放于触手可及的位置
如此安然的时光，我沿着尘世的脉络
重新找回那些失联的世界
若吹南风，不必担忧饥渴
若响惊雷，无须惧怕洪水
因为，天空和我对视一眼，便会心生缠绵

第 7 章

大暑：坐在夏日的秋千上

坐在夏日的秋千上，梳理一绺一绺的夏风
悄悄而来的滚烫，烤炙日渐不安的盛夏
这个时候，河水漫过浅浅的堤岸
淹没我仅剩一半的岁月年华

原以为，细水一定能长流，岂知
流水总是匆匆，月亮也泊不住水底
在高温的质疑中，从千里之外返回
把午夜安排得格外清凉

问题是,七月还在继续上升
每天,白天总是被不断点燃
人间那么多的美好,让七月烫伤
而远道而来的波浪,至今尚未抵达

云在继续流浪,雨水还在迟疑
我不能再等了,不等天空布下阴霾
哪怕把自己彻底掏空,我也要手提竹篮和陶罐
溅湿梦中的诗笺,在小小的身体里留一点绿荫

第 7 章

立秋：阅读——不能说破的词

今夜，月未圆，而秋悄然已至
我站在夏的肩头，手搭眉尖眺望
你来，是否还是去年的那条路途

内心依然炙热，期盼有一场雨
蓄满夏天的池塘，洗一洗
积满尘埃的河流，剪一剪
这个夏天，那些枝枝丫丫的思绪
也趁月夜，让丝丝绵绵的月光

焐热午夜的凉风
其实，我一直守在喧嚣的红尘里
把笔搁在春天，阅读永远不能说破的词

今日立秋，月亮会在未圆之时
摊开一桩心事，问一问秋天
你究竟什么时候，真的来

第7章

处暑：远处的云撞上了你

山谷吹来的风，开始有些微凉
太阳在不停地走动，其实你不知
这是它的预谋，从立夏开始就在撤退
河流也是这样，倘若你走进深处
有许许多多透凉的日子
久坐那里，让你不停地打战

如果再走几步，日子会一点点温柔地摊开
天空已经变得很蓝，我们不能怀疑
你的微笑有八分真实
曾经的躁动与不安，部分来自天气
更多的，是你突然拥有了虚无
留下抑或离开，都会犹豫大约五分钟

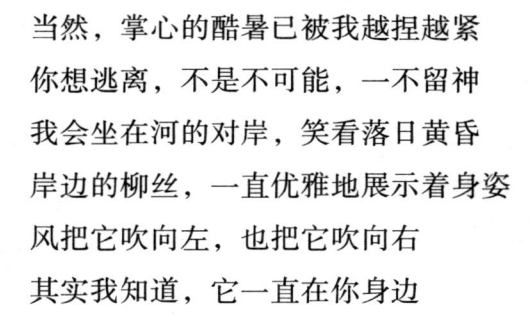

当然，掌心的酷暑已被我越捏越紧
你想逃离，不是不可能，一不留神
我会坐在河的对岸，笑看落日黄昏
岸边的柳丝，一直优雅地展示着身姿
风把它吹向左，也把它吹向右
其实我知道，它一直在你身边

从此往后，雷声渐行渐远
它突然折返，也不是没有可能
雨水留下的洼地，不久将被秋色覆盖
倘若天空还有喧哗，一定是你内心
反复传出的咒语，一定是远处的云
又一次撞上你，你疼了，疼出了思念

第7章

秋分：让风吹薄衣衫

这是秋天真正的开始，这时候
秋凉开始如水，不动声色地来
你不得不信，一个季节的颠覆
并不需要经过春天，比如一场雨后
我将携你，直接让风吹薄衣衫

是的，这样的时光，我们一定要记得
把稻子吹黄，不管留下还是离开
必须把一些枯荣，暂时放下
不必怜惜，我们曾有多少虚无的日子
装饰了过去的岁月，一些虚度

我们明白，一些果实来之不易
那些枝枝叶叶，捧出过的黎明
为你，不知需要准备多少夜晚
包括那些酝酿着的露水、晨风
都需要了解，你开始枯黄
已经不需理由

第 7 章

立冬∶炭火　温暖的诗句

到这个时候了,秋风还一个劲地吹
秋雨还不停地下,这个时候
我是不是该点起炭火,温暖一些诗句

如果可以,我会径直走近你的名字
接近还在奔流的血液,站在那里
等枯荷染上金色,也等秋色度我

接下去的日子,城池皆为寒冷
但江畔的白鹭依然不问晨昏
拨开苇丛,不问今夕何月何年

而我,不必远远地看你,与这个季节
可以直接抒情,第一时间亲切握手
那些时光的冷暖,甚至可以一一忽略

远处的大堤,芦花已是欲飞将飞
它有那些弯曲的白,在随风舞动
立冬已至,仿佛最美的深秋还未到来

第7章

小雪：昨夜——风雨的一次对折

寒流又一次来袭，此刻写你
是不是会增加几分寒意，再说
南方的温度，正在一降再降

我把你写了，更多的是写
你秋天的样子，那些秋霜如何一夜间
最后一次染上深红或者金黄，给你看

什么时候，如果你不再有阳光拂临
也不能阻止我，把辽阔再次还给你
把去年的风追回来，重新吹成繁盛

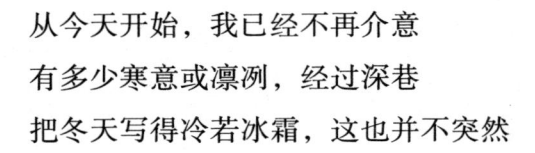

从今天开始,我已经不再介意
有多少寒意或凛冽,经过深巷
把冬天写得冷若冰霜,这也并不突然

那么今天,我把雪先于你,先于漫天飞舞
往白里写,先把原野往白里盖
盖住深秋的心跳和那些绚丽的色彩

第7章

大雪：高尚的卑微的都将覆盖

这样的光景，你来，还是不来
我都为你准备了一片山河，一片旷野
布置好一种肃穆的场景，等你
等你一场曼妙的狂飙，席卷而来

苍穹下，将有许许多多的日子
被你慢慢覆盖，一些高尚的，卑微的
都可能成为一场风，都有可能
在大雪纷纷中，将自己慢慢抹去

这时候,我坚信一场北方的大风
让南方的胸前挂满雪花
也会让你觉得,这么美好的时辰
在你的体内摇曳生姿,温暖有加

当然,清晨醒来,有一场降雪
封住了你今天出发的路途,那么
你可以选择一次返回,也给我
放下那些执着的理由,那些尘世的热爱

第7章

冬至：我们——免谈寒冷寂寥

至如今，谁都不能唤回秋风，曾经的热烈
那些青春容颜，所有相关的细节
终将一一呈现，正如这个季节的萧瑟

一些日子，恰似芦花飞扬，来去无踪
你可以回望，隔岸那么多的美丽
在这个世界留存，还在体内豢养

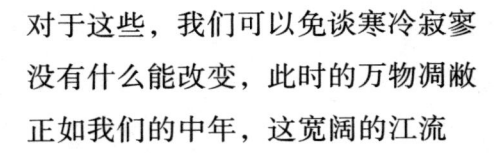

对于这些，我们可以免谈寒冷寂寥
没有什么能改变，此时的万物凋敝
正如我们的中年，这宽阔的江流

天越来越冷，越过额前的风是凉的
那些烟云，那些灯火阑珊，都将不是你的
如有一场雪，就将雪人堆在迷人的黄昏吧

第7章

小寒：收起冬夜的

诗稿叫醒春天

到这个时候了，寒意仍未来袭
我怕你，说来就来，已经把时光
压得一低再低，期待有一处暖冬
让我，在此刻，还可以守望

那么，储存在内心的河流呢
是不是为你，如期抵达
还在隐秘地呼吸，还把午夜的炭火
烧得很旺，彻底融化一场雪的消息

当然，我期冀今夜的弦月，可以抒情
可以把月色，弹成漫天飞舞的雪花
用雪水，为你煮一壶好茶
只等你，润口浸喉，芬芳满身

之后，大寒将会轻装简从，携我
山一程水一程，一路接近你的河岸
陷入你的村庄，在一阵阵泥土的气息里
我收起冬夜的诗稿，叫醒春天

第7章

大寒：躲在最冷的温度里

今日大寒，风雪已来
此刻，我躲在最冷的温度里
找那些东藏西匿的语句
为你，搭一处暖冬

要不，住一间茅屋吧
点亮靠窗的那盏油灯
我一杯红酒，你一杯嫣然
隔着千年，看你唇边一笑

我们屏息,听檐前雪雨

忽略时光,忽略世俗的喧嚣

让你猜猜,雪花飘飘扬扬的骚动

不知为谁

或者,穿过你的夜梦

任凭春天,不停地叩门

静静等待,你那场

铺天盖地的花开

第7章

诗与远方（代跋）
替自己构想了

桌子上的诗稿都是年前的，如我手上陈旧的珠串
阳光优雅地覆盖着，时光却在阴影下走失

万物都在减少，我们还在不停地奔走
过往追逐着过往，天还是蓝得那样迷人

雨后，整座城市在眼中越来越清晰
但天空并没有变化，远方的事物开始挂上枝头

如一场游戏，让时光悄然流逝，隐无声息
我们站在岸边，面对的是又一轮黄昏落日

假如将时间掘开，去怀抱每一个黎明
还是能找到昨夜藏匿起来的金黄余晖

为此，我们不必原路折回，不必收起旗杆
将日子写成诗，替自己构思好愈来愈近的远方

第 7 章